Absurditerre

Azelma Sigaux

Absurditerre

En application de l'art. L.137-2.-I. du code de la propriété intellectuelle, toute reproduction et/ou divulgation de parties de l'œuvre dépassant le volume prévu par la loi est expressément interdite.

© Azelma Sigaux, 2024

Illustration de couverture générée par l'IA via Canva.com

Édition : BoD - Books on Demand, 31 avenue Saint-Rémy, 57600 Forbach, bod@bod.fr
Impression : Libri Plureos GmbH, Friedensallee 273, 22763 Hamburg (Allemagne)

ISBN : 978-2-3225-1653-7
Dépôt légal : novembre 2024

À tous les opprimés et utopistes du passé, du présent et du futur.

CHAPITRE 1

L'école du Bois Étoilé

Lundi 2 janvier 3000. À travers l'épaisse brume du tin, le soleil projetait ses tout premiers rayons. À part la douce teinte orangée du ciel, rien ne contrastait avec ce vert qui prédominait. C'était comme si un gigantesque pot de peinture avait été déversé sur la carte postale du monde. Le vert peignait les forêts, les champs bien sûr, mais aussi les maisons. Car on habitait littéralement dans la nature. Les constructions de terre, de bois et de pierre épousaient parfaitement les courbes des reliefs naturels. Les sinuosités des montagnes, des ruisseaux, des falaises ou des volcans. Les habitations suivaient les arrondis dessinés par chaque élément. Quant aux toitures, elles étaient recouvertes de mousse et de végétation. Si bien qu'aucun animal, du ver de terre au cheval sauvage, ne distinguait les toits du reste de l'environnement.

Pendant que les poules et les renards, si possible jamais au même moment, se promenaient sur les charpentes verdoyantes, les hommes pédalaient. Ils pédalaient une heure par jour. Pas seulement pour le côté sportif de la chose, ce qui finalement n'était qu'une conséquence fortuite, mais pour l'énergie que l'action produisait. Une heure d'autonomicyclette équivalait à une journée entière de confort. Ça valait le coup. Si de puissants appareils électriques devaient exceptionnellement fonctionner, il fallait prévoir et pédaler deux fois plus. Ou à plusieurs. Bien d'autres façons de prélever des échantillons d'énergie existaient. La Terre en étant garnie à l'infini, il ne fallait pas hésiter à se servir. On pouvait placer des accumulateurs de mouvements aux poignets, plonger des turbines hydrauliques dans les rivières ou installer des capteurs de vent à la cime des arbres. Tous les moyens étaient bons pour vivre confortablement sans jamais nuire à la planète ni à aucun de ses habitants.

Si les hommes éprouvaient autant de respect pour la Terre et ses congénères, cela n'avait pas toujours été le cas. Tant sur un plan écologique que social ou politique, l'Histoire témoignait d'ailleurs plutôt du contraire.

Au-delà des apparences, cet univers utopique, où les hommes vivaient en totale harmonie avec la nature, n'était issu ni d'un conte de fées, ni d'un temps archaïque. Les peuples n'avaient été ni soumis à un mouvement sectaire, ni coupés de la modernité par accident. Ce monde utopique existait bel et bien en l'an 3000. Non seulement il était réel, mais il résultait d'un choix très sérieux. Au fil des siècles précédents, l'humanité avait contracté différentes infections qui, avec le temps, avaient fini par ronger la planète. Elles s'appelaient pollution, conquête de territoires, guerre, argent, religion ou encore frontière. Ces maux, ces vices, n'avaient pas immédiatement pris une telle apparence. Mais à force d'être démocratisées, ces créations humaines s'étaient mises à pourrir de l'intérieur, ravageant bien des êtres vivants. D'abord présentées comme les supports sur lesquels pouvait reposer un monde moins rude, ces institutions avaient peu à peu pris davantage d'ampleur. Poussées à l'extrême, ces pratiques étaient devenues des habitudes, puis des addictions avant de tourner en maladies mortelles. Tel un château de cartes, chaque pièce du jeu de société que représentait le monde s'était effondrée, forçant l'humanité toute entière à apprendre de ses erreurs et à trouver des alternatives.

En l'an 3000, cela faisait bien longtemps que les hommes avaient commencé à reconstruire leur planète. Les ultimes catastrophes de l'humanité avaient pris fin plusieurs siècles auparavant. De nombreuses générations s'étaient déjà passé le flambeau depuis que l'on avait mis en place les dernières pièces d'un nouveau système basé sur l'altruisme et la paix. Tellement d'années avaient filé que plus personne ne se souvenait de quelque drame historique que ce fût. Cela était dû à l'ancienneté des faits, mais pas seulement. Si les peuples ne connaissaient pas les grands échecs de l'Histoire, c'était aussi pour des raisons politiques. Car même si le système pyramidal n'existait plus, les hommes n'avaient pas trouvé de solutions plus efficaces que de conserver un comité d'éducation pour chaque centaine d'habitants.

Ces groupes de personnes étaient chargés de peaufiner les programmes scolaires et pour cela, faisaient régulièrement appel à l'avis du peuple. Une manière de préserver au maximum la démocratie, système si cher au cœur des humains du troisième millénaire. Malgré leur apparente bienveillance, les comités prenaient de facto des décisions qui leur donnaient de l'ascendant sur le reste du monde. Parmi les nombreux choix qu'ils avaient pu faire pour le peuple, l'un d'entre eux marquait tout particulièrement cet inéluctable pouvoir. Il s'agissait de ne jamais enseigner les drames du passé aux jeunes du Nouveau Monde. Les traumatismes avaient été tels dans l'Histoire que plus personne n'avait plus voulu aborder ces sujets tabous. Les livres narrant ces évènements avaient été cachés dans des coffres-forts, coffres-forts qui ne servaient de toute façon à rien d'autre, l'argent n'existant plus. Les membres des comités d'éducation étaient donc toujours au courant de ce troublant secret. Pour minimiser le sentiment de honte qui les traversait de temps à autre, ils avaient pris soin de ne jamais évoquer le sujet, même entre eux. Jusqu'à ce lundi 2 janvier 3000, très exactement.

Sans se consulter, lors de réunions éducatives qui avaient lieu parallèlement dans différentes contrées ce jour-là, les personnes qui se souvenaient encore clairement des récits d'antan remirent la question sur le tapis. Comme si l'ère du non-questionnement avait naturellement fait son temps.

— Oui, Jeannette, vous aviez une question brûlante à poser il me semble, glissa au cours de l'un de ces rassemblements la coordinatrice du comité d'éducation du secteur Bois-Étoilé-Rivière-Dorée.

— Tout à fait, répondit une femme légèrement intimidée par l'ampleur du sujet qu'elle s'apprêtait à aborder. Il me semble que nous devrions rouvrir le dossier de l'Histoire cachée.

Sa suggestion jeta un froid dans l'assemblée.

— Je me demandais si, dans un système qui se veut anarchique, et où tous les hommes sont censés être égaux, il n'était pas incohérent que certains connaissent notre passé commun et d'autres non.

— C'est en effet une question philosophique assez intéressante, réagit un homme rêveur assis en face d'elle, l'immense table de réunion étant ronde.

— C'est même un problème particulièrement urgent à se poser si vous voulez mon avis, rétorqua une certaine Nicole. Cela fait maintenant plusieurs siècles que ces textes d'histoire ont été soustraits au public. Nous-mêmes, nous savons peu de choses de leur contenu si ce n'est que nos ancêtres ont vécu les pires drames et qu'ils doivent rester secrets. Depuis, le monde est quasi idéal mais qui sait : un jour peut-être, sans le savoir, quelqu'un croira être l'inventeur de l'une de ces absurdités humaines alors qu'elle aura déjà failli détruire la Terre par le passé !

— Et nous revivrons alors les horreurs de l'Ancien Monde... frissonna Luc, un homme de petite taille.

— Mais enfin ! Je crois rêver ! s'étonna une femme assise à la droite de Jeannette. C'est justement suite aux immenses défaites que nos ancêtres ont subies que nous connaissons enfin la période la plus pacifique et heureuse de notre histoire. Et vous voudriez semer des idées malsaines dans la tête des gens ? Leur donner la curiosité suffisante pour mettre le pied à l'étrier du vice ? Vous auriez envie de prendre le risque de ruiner notre monde idyllique pour la seule volonté d'être transparent ? Ce motif est-il si capital, au point de nous tuer tous ?

— Pour ma part, reprit paisiblement Jeannette malgré l'inquiétude de sa voisine, je pense que nous ne sommes rien pour imposer quoi que ce soit au monde. Chacun a son avis et il me semble que comme pour toute décision importante, nous devons faire appel au référendum. Après tout, le peuple lui-même saura dire si le motif de la transparence est capital ou non.

— Et pourquoi ne pas lier les référendums de toutes les contrées pour faire un choix encore plus responsable ? renchérit Nicole.

Après une heure de débat animé, l'assemblée approuva finalement la suggestion de Jeannette, tout comme les autres assemblées du monde sur le même sujet.

À la question « Pensez-vous qu'enseigner les drames de l'Ancien Monde permette d'éviter qu'ils se répètent dans le Nouveau Monde ? », la réponse s'avéra incertaine. Les résultats furent en effet de cinquante-cinquante sur l'ensemble des parcelles de la planète. La deuxième interrogation, «Voulez-vous que vos enfants connaissent l'existence des maux qui ont détruit l'Ancien Monde ? », permit d'y voir légèrement plus clair. Ou au moins de tenter quelque chose. Cinquante et un pour cent se révélèrent pour l'enseignement des catastrophes de l'humanité aux enfants. L'hésitation était donc bien palpable. La plupart des gens ne savaient pourtant pas de quoi il s'agissait. Mais il fallait croire que leur quotidien leur apparaissait si calme qu'ils n'étaient pas contre y mettre un peu de piment, quels que fussent les fameux drames évoqués. Le peuple étant décisionnaire, il fallait respecter le choix de la majorité, même faible.

Un jour, il fut donc décidé dans le monde entier, pour éviter que les erreurs du passé ne se reproduisent, de les enseigner aux enfants.

L'objectif exprimé par les différents comités d'éducation à l'égard des populations demeurait sans équivoque. Il s'agissait de faire prendre conscience aux plus jeunes que la quantité de travail autrefois accompli était ce qui avait rendu leur présent si agréable. Tout n'avait pas toujours été si rose, ou plutôt vert, il fallait se le mettre en tête. Il était question de marquer les esprits des élèves afin que jamais ne leur vînt l'idée, par inadvertance, de construire une voiture, de croire en un être supérieur ou bien de manger un mouton. Car même si un seul de ces actes, pris individuellement, n'était pas spécialement dangereux, il était évident que les suivants mettraient en péril la tranquillité du monde. Moindre ou immense, aucun risque ne valait la peine d'être pris. Il était hors de question de revivre ne fût-ce qu'un seul des grands drames de l'Ancien Monde. Ainsi, les comités d'éducation instaurèrent l'enseignement de chaque grand échec de l'humanité à travers un récit absurde. La preuve par l'absurde. Les milliers de textes mis de côté depuis plusieurs générations furent dépoussiérés par les membres assignés à la tâche. Ils analysèrent l'ensemble des récits ayant trait aux grands thèmes concernés par le programme et choisirent les plus parlants. Les plus imagés. Il pouvait s'agir d'anecdotes mettant en avant le côté extrême de chaque pratique ou de résumés d'événements particulièrement importants. Les siècles ayant passé, nul ne pouvait juger si les textes rendaient fidèlement hommage aux faits. Certains d'entre eux oscillaient même entre mythes et contes pour enfants. Le but étant uniquement de marquer les esprits des plus jeunes, les documents furent sélectionnés pour leur potentiel impact sur les consciences plutôt que pour leur authenticité historique.

Après des mois de lecture, huit archives d'auteurs inconnus émergèrent de la pile. Huit récits sélectionnés qui furent traduits dans chaque langue pour être lus par les enseignants des écoles de l'ensemble du globe. Le programme de sensibilisation aux erreurs du passé débuterait dès le mois d'octobre et prendrait fin au mois de mai. Huit mois d'apprentissage de faits dramatiques dans un monde utopique.

***

« Comment des enfants élevés dans ce monde de guimauve réagiront-ils en prenant connaissance d'événements aussi violents ? » se demanda Rami.

Ce jeune instituteur, passionné d'histoire depuis sa plus tendre enfance, faisait partie d'une des rares familles où ces récits se transmettaient déjà secrètement de père en fils. Si les grands échecs de l'humanité n'étaient pas inconnus aux yeux de Rami, cela ne l'empêcha pas de s'interroger sur leurs répercussions sur des bambins si innocents. En accord avec les instructions du comité d'éducation du quartier, l'instituteur s'était jusqu'ici retenu de dévoiler les périodes les plus graves de l'Ancien Monde et appréhendait un peu ce changement de méthode d'enseignement. Lui n'avait pas répondu « oui » à la question de savoir si l'instruction de ces drames permettrait d'éviter de les reproduire. À vrai dire, il était même persuadé du contraire.

Soit, il lirait ces fameux textes au rythme d'un par mois, comme demandé. Mais il ne garantirait pas les résultats espérés.

Comme toutes les autres écoles, et comme toutes les autres structures de l'an 3000, l'école du Bois Étoilé était tenue par une personne passionnée. Ici, c'était Rami qui gérait sa classe ainsi que l'établissement dans son intégralité. Car il n'y avait qu'une seule classe par école. Avec le temps, il avait été convenu qu'il valait mieux construire plus d'établissements scolaires si on limitait leur taille. De cette façon, tous les élèves avaient cours en même temps dans chaque école et bénéficiaient des mêmes chances de compréhension. Dans l'ensemble des lieux d'instruction, les instituteurs enseignaient gratuitement leurs connaissances à des jeunes de tous les âges. Au besoin, ils adaptaient leurs propos si un enfant trop jeune avait du mal à suivre. Évidemment, il fallait respecter quelques sujets incontournables, régulièrement sélectionnés et mis à jour par les comités d'éducation. Afin de limiter les inégalités et les écarts d'intelligence, les programmes scolaires du monde entier étaient identiques.

Pour cela, les membres des différents comités se mettaient régulièrement en contact et trouvaient toujours des compromis adéquats. Parmi les matières proposées, il y avait la lecture, l'écriture et le calcul bien sûr, mais également la biodiversité, la reconnaissance des plantes médicinales, la fabrication d'objets divers et la construction d'une maison autonome.

Une fois qu'ils avaient atteint l'âge de seize ans, les jeunes pouvaient se former au métier qui leur plaisait en se rendant directement chez des professionnels. Si untel était attiré par la fabrication du pain, par exemple, il pouvait apprendre sur le terrain auprès d'un boulanger. Si un autre préférait devenir charpentier, il allait filer un coup de main à un artisan expérimenté. Le savoir et la passion étaient ainsi transmis de formateurs en apprentis, des plus âgés aux plus jeunes. À tout moment, ces derniers comme les aînés pouvaient changer d'avis et s'orienter vers d'autres compétences. Il était même possible de pratiquer différentes activités à la fois. L'argent n'étant pas l'enjeu du travail, il n'y avait ni contrainte d'horaire ni de carrière. Avec une rémunération telle que la reconnaissance des autres et la possibilité d'obtenir l'aide d'autrui dans n'importe quel domaine en retour, les gens consacraient largement plus de temps à leur travail qu'à l'époque de la fiche de paie. Il n'existait pas vraiment de métiers fastidieux. Déjà parce qu'on les choisissait. Mais surtout grâce au contexte écologique et monétaire dans lequel on se trouvait. Sans industrie, pas d'usine. Sans argent, pas de pression. Sans emballage, pas d'éboueur.

Pour en revenir à l'école, il ne s'agissait donc pas de l'établissement scolaire tel qu'on le connaissait du temps de l'Ancien Monde. Au lieu de monologues d'instituteurs, il y avait des débats animés. À la place des notes, il y avait des encouragements. À défaut de punitions, il y avait des explications. Les improvisations remplaçaient les récitations. Les « vous » n'existaient plus car les « tu » avaient été jugés moins clivants. Bien souvent, parce que les enfants se montraient toujours en forme et de bonne volonté, il n'était pas utile de recourir aux explications. Il faut dire que les horaires des classes n'étaient ni fixes ni épuisants. On avait cours en salle quand il pleuvait, quand les parents étaient occupés et au maximum quinze jours par mois. Le reste du temps, on pouvait suivre des leçons pratiques dans la nature. Une présence minimum n'avait jamais été jugée nécessaire, les élèves se rendant à l'école sans qu'on les y oblige depuis plusieurs générations.

Lundi 2 octobre 3000. À travers l'épaisse brume du matin, le soleil projetait ses tout premiers rayons. À cet endroit du monde et à cet instant précis, d'autres couleurs contrastaient avec le vert prédominant des paysages. Les visages rosis par le froid et la bonne humeur des enfants mettaient de la gouache à la blancheur de l'aube. Les rires des plus jeunes commençaient à l'orée du bois pour finir dans un troglodyte en pleine forêt.

Construite dans une ancienne mine de grès, l'école du Bois Étoilé apparaissait majestueuse. Au fond d'un grand couloir aux parois en roche blanche, les élèves ouvrirent l'imposante porte de leur salle de classe. Les chaises et bureaux étaient disposés en cercle. Rami, déjà assis sur l'un des sièges, salua ses vingt-deux élèves et attendit qu'ils soient tous installés pour démarrer son cours.

— Cette année sera spéciale, les enfants, annonça-t-il.
— Comme toutes les années ! observa l'un des plus âgés.
— Oui bien sûr, mais le programme scolaire de l'an 3000 va particulièrement vous surprendre, je pense.

Le silence que Rami marqua laissa tout le monde perplexe. Lui tenta de cacher un sourire à peine visible.

— Aujourd'hui, enchaîna-t-il, nous allons aborder la question de l'argent.

Les enfants prirent un air interrogateur.

— Personne ne sait ce qu'est l'argent ? leur demanda l'instituteur sans attendre de réponse. L'argent, aussi appelé monnaie, était utilisé jusqu'en 2290 pour obtenir ce dont on avait besoin. Sous forme de pièces ou de billets, l'argent était considéré comme un moyen d'échange. Chaque objet, chaque service, chaque élément du monde avait une valeur qui lui était propre en fonction de sa rareté, de sa qualité ou encore du prestige de son fabricant. Pour obtenir n'importe quoi, il fallait donner en échange le nombre de pièces et de billets demandé. On appelait ça « acheter ». Mais pour pouvoir acheter, encore fallait-il avoir de l'argent. Et pour en gagner, il fallait travailler. Chaque journée de travail rapportait de l'argent, qu'on dépensait alors pour obtenir ce dont on avait besoin. Sans argent, impossible de posséder quoi que ce soit. Sans possession, impossible de gagner de l'argent.

— Même de l'eau ? Il fallait donner de l'argent pour

pouvoir boire ? ricana le petit Léo, qui comme à son habitude voulait faire le pitre pour amuser ses camarades.

Ce à quoi il ne s'attendait pas, c'était que son intervention était loin d'être bête.

— Oui, oui, même de l'eau, répondit calmement Rami. Les derniers temps, l'eau, la nourriture, la terre et même l'air s'achetaient.

L'instituteur sortit de ses poches quelques vieilles pièces et billets que sa famille avait conservés et les fit passer à ses élèves. Il leur expliqua alors avec des mots simples le fonctionnement du système bancaire. Habitués depuis toujours à pouvoir palper les « richesses » de leurs parents, les enfants eurent beaucoup de mal à comprendre qu'il fut un temps où on touchait de l'argent sans jamais le faire au sens propre.

À l'aube du troisième millénaire, les familles, comme les populations ou les entreprises, étaient gérées par ceux qui voulaient bien y mettre du leur. Toutes les bonnes idées et les compétences étaient les bienvenues pour faire tourner le monde. Chaque organisation était ainsi tenue par des personnes motivées. S'il y avait bien une puissance, c'était celle de la passion. En effet, sans système monétaire, pas question de se forcer à faire quoi que ce fût. Le seul système d'échange qui existait était celui de la réciprocité. Du savoir-vivre. Du sens de l'équité. En clair, quelqu'un offrait les services qu'il savait et aimait rendre. Réciproquement, il obtenait ce dont il avait besoin en se dirigeant vers les personnes compétentes et passionnées en la matière. Pas besoin de portefeuilles, d'inflation ou encore de promotions. Seule la compassion permettait d'être riche. Riche en bonheur. Plus on donnait, plus on recevait. Même si certains ne jouaient pas le jeu, la partie s'avérait somme toute toujours gagnante car la nature était bien faite. Même si cette nature était humaine.

Rami se mit à expliquer qu'au fil des siècles, la monnaie avait été de moins en moins répartie de façon équitable. Il s'aventura à parler de la bourse, de la dette et même des inégalités de salaires. Il nomma les différentes devises qui avaient tour à tour dirigé l'économie mondiale : la pépète, le flouz ou encore la digimaille. La leçon se révéla compliquée et il fallut plusieurs jus de fruits fraîchement pressés et quelques précisions pour que les élèves comprissent globalement le principe des finances.
— Pourquoi les humains n'ont pas redistribué les sous en parts égales ? demanda Capucine.
— Comment nos ancêtres ont-ils pu laisser des gens mourir de faim juste pour une histoire de billets ? demanda Oscar.
— Pourquoi on n'a pas annulé la dette ? On dit que personne ne doit plus rien à personne et « paf » on recommence! suggéra Jérôme.
Rami suait à grosses gouttes. Il n'aurait jamais dû rentrer dans les détails. Il préféra conclure en quelques brèves explications. C'était comme ça, tout était régi par l'argent et on ne pouvait pas en un claquement de doigts répartir équitablement des pièces de monnaie

alors que les banques elles-mêmes ne possédaient plus assez de liquidités pour les reverser intégralement à leurs propriétaires. Il fallait l'accepter, il y avait plusieurs classes sociales. Il y avait les impôts. Il y avait les escrocs.

Rami s'essuya le front et profita d'un silence pour ouvrir la brochure qui contenait les huit récits. Il ouvrit le chapitre intitulé « La capsule qui valait de l'or » et débuta sa lecture devant des enfants plus qu'attentifs.

CHAPITRE 2

La capsule qui valait de l'or

« Gling » !
Le bruit métallique qu'avait fait la pièce de deux pépètes au contact de la gamelle de Rex arracha Félix d'un lourd sommeil. La veille, il avait bu d'une traite la bouteille de vodka que lui avait gentiment dénichée son voisin de gauche, surnommé Tété, et il s'était endormi comme un bébé.

D'un seul œil, la tête comme serrée dans un étau, Félix lorgna péniblement la pièce qu'il venait de recevoir en se demandant ce qu'il allait bien pouvoir tirer de ce bout de métal. Une nouvelle bouteille ? Un pain au chocolat ? De la pâtée pour chien ? Il fallait faire un choix sans tarder, car en ce mois de septembre, les passants se faisaient de plus en plus radins. Le mendiant qu'il était depuis trente-cinq ans le savait mieux que personne et en aurait parié son sac de couchage : ce serait le seul et unique sou de la journée.

Allez, adjugé, vendu. Cette fois, ce serait un hamburger pour deux. Rex et lui. En rangeant son faible magot dans sa poche rafistolée au fond de laquelle s'était déjà logée une capsule de bière, l'homme aux cheveux ébouriffés et au pull troué eut un déclic. Sa paupière droite, jusqu'alors sérieusement engluée par sa nuit alcoolisée, s'ouvrit d'un seul coup, tant la révélation qui lui traversa l'esprit fut fulgurante.

Comment un morceau de ferraille rond, sous prétexte qu'il était brillant, lisse et gravé d'un oiseau affreux, pouvait valoir plus qu'une capsule, dont la forme dentelée et les bords dorés étaient selon Félix, de bien meilleur goût ? Les gens pouvaient s'offrir ce qu'ils voulaient avec des papiers fins et fragiles qu'ils appelaient billets, alors que le solide carton qui lui servait à la fois de lit, d'écriteau et de siège depuis si longtemps n'était, aux yeux du monde, bon qu'à jeter à la benne. S'il suffisait de décréter qu'un morceau de métal s'appelât « argent » pour l'utiliser comme tel, Félix allait décider que sa capsule de bière valait du pognon. Ça tombait bien, car il en avait un paquet, de capsules de bière. Non pas qu'il en faisait collection, mais les amasser dans une boîte lui avait permis d'éviter les allers-retours incessants à la poubelle du coin de la rue à chaque décapsulage. Il s'avéra qu'il n'avait jamais songé à vider cette boîte. Elle était donc pleine à ras bord.

Excité par son idée farfelue, l'homme n'attendit pas plus longtemps pour répandre la nouvelle auprès de ses collègues de rue, à commencer par Tété. Après la délicieuse et efficace cuite que ce dernier lui avait offerte la veille, il lui devait bien ça.

— Tété ! J'ai la solution pour qu'on devienne riches ! Regarde !

Félix brandit son carton rempli de capsules sous le nez de son voisin. Celui-ci était, comme il aimait bien le répéter, « en pleine manche». Il se tenait donc assis, comme tous les jours, derrière une pancarte indiquant « L'argent ne fait pas le bonheur, mais ça aide à bouffer ». Il campait ainsi, immobile, entre un chapeau retourné et une poule en laisse, le tout juste à côté d'un distributeur de billets, un endroit évidemment stratégique. Même généreux, s'il y avait bien une chose que Tété ne supportait pas, c'était d'être dérangé pendant qu'il mendiait. Il disait que ça nuisait à sa crédibilité d'homme malheureux, et donc à sa rentabilité. Quant à se faire importuner pour parler chiffons, ou en l'occurrence capsules, il n'y avait rien de tel pour le mettre hors de lui. Le fait même de devoir répondre l'exaspéra.

— Qu'est-ce qu'il y a, Félix ? Tu vas quand même pas te mettre à fabriquer des pendules en capsules de Binouz comme Bobby ? Tu sais bien ce que ça lui a rapporté, sa chic idée ! Une hépatite à cause d'une coupure, mille balles d'amende pour commerce illégal et pas un seul bifton ! Alors quoi, ça te donne envie ?! T'es pas déjà assez misérable comme ça ? Et pis tu vois bien que j'bosse ! Va donc raconter tes conneries ailleurs, tu veux !

Tété s'empressa de retourner la tête vers sa potentielle « clientèle » passante, tandis que Félix restait collé à son oreille droite et postillonnait joyeusement :

— Mais non, mais non, bien mieux que ça ! Imagine que cette capsule, expliqua-t-il en en attrapant une au hasard, est une pièce de deux pépètes.

— Et bah, tu serais riche, lança Tété sans le regarder, sans réfléchir, pour en finir une fois pour toutes avec cette pitoyable conversation.

— Exactement ! s'exclama le premier.

— Oui mais ce n'est PAS LE CAS ! s'emporta Tété tout en fixant le trottoir d'en face, évitant ainsi toute tentative de meurtre à l'égard de son interlocuteur. T'es encore bourré, mon vieux ! J'aurais jamais dû te filer cette bouteille hier ! Félix prit une grande inspiration avant de reprendre son explication de façon à ce qu'elle soit la plus claire et plausible possible.

— Écoute-moi.

— Ai-je vraiment le choix ? soupira Tété, abandonnant ainsi définitivement tout projet de manche pour la journée.

— Qui te dit que cette capsule ne vaut rien ?

— Le système, répondit-il d'un air exaspéré. Le système qui fait qu'on jette la capsule et qu'on boit la bière, et non l'inverse !

— Et si on créait un autre système, un système rien qu'à nous, proposa Félix en montrant du doigt les autres SDF du quartier.

À la vue de cette bande d'ivrognes crasseux dont il faisait partie, et à l'idée d'une société gérée par eux, Tété leva les yeux au ciel. Mais

Félix continua sans relâche. Il en était sûr, son plan était révolutionnaire.

— Un système selon lequel un papier de bonbon vaudrait vingt balles et un repas coûterait trois capsules... Ce serait pas beau, ça ? Avec la tonne de déchets qu'on a à portée de main, imagine un peu ce qu'on pourrait s'offrir ! Absolument tout !

À ces mots, Tété se laissa un instant aller à la candeur, regarda finalement Félix dans les yeux et lui demanda sur un ton subitement enfantin :

— Absolument tout ? Même des litrons de vodka ?
— Même des litrons de vodka !
— Même des tonneaux de vinasses ?
— Même des tonneaux de vinasses !
— Même des...

Les yeux de Tété s'éclairèrent une seconde, puis s'obscurcirent.

— Personne ne nous vendrait quoi que ce soit contre des capsules de bières ou des emballages, s'insurgea-t-il devant une telle énormité. Ne me donne pas de fausses joies, Fêlé ! C'est pas bon ni pour mon cœur, ni pour ta gueule, crois-moi.

Quand Tété appelait son voisin par ce surnom, c'était mauvais signe. Le cocard que Félix portait encore à son œil droit le certifiait. Ce dernier croisa alors les bras et fit la moue. Après quelques longues minutes passées à se creuser la tête, il allait se résoudre à l'absurdité de son idée quand il trouva la solution miracle et brisa le silence.

— N'importe qui te vendrait des trucs contre des capsules... à la seule condition de lui vendre d'autres trucs contre des capsules !!! Tu piges ? fit-il, convaincu.

— Nan, répondit un Tété dubitatif mais secrètement intéressé, surtout par les litrons de vodka.

S'il y avait une solution pour les obtenir gratuitement, il voulait bien la connaître.

— Il faudra simplement que chacun de nous se concentre sur un job qu'il aime faire et se fasse payer pour ça.

Tété regarda son voisin en coin, attendant la suite.
— Tiens, toi par exemple, poursuivit Félix. Tu aimes fouiller dans les poubelles pour trouver de quoi picoler, n'est-ce pas ?
— Mmh.
— Et ben tu pourrais continuer à le faire et nous vendre quelques-unes de tes bouteilles pour t'acheter autre chose qui te fait envie. Regarde Ginette, elle adore se construire des cabanes en carton et en vieux draps... Pourquoi n'en ferait-elle pas profiter les plus frileux ?
— Pas con...
— Lulu, il aime raconter des blagues et nous faire rire. On aura qu'à lui filer des bouchons en remerciement, et il pourra t'acheter de la vodka avec ces mêmes bouchons ! Et ainsi de suite !

Tété, qui de toute façon commençait sérieusement à se lasser de faire la manche toute la journée, trouva finalement l'idée bonne et se joignit à Félix pour la soumettre à leurs comparses sans le sou. Face aux humeurs aléatoires et versatiles des uns et des autres, la tâche s'annonçait fastidieuse. Mais Tété et Félix ne perdirent pas espoir et se rendirent de nécessiteux en miséreux, répétant inlassablement le même discours, avançant les mêmes arguments. Quand bien même tous ne comprirent pas immédiatement où ces deux pochtrons voulaient en venir avec leurs papiers de bonbons, leurs emballages et leurs bouchons en plastique, aucun ne refusa de jouer à la marchande. Ça leur passerait au moins le temps. Félix se nomma lui-même trésorier et distribua, en parts égales à chaque membre de ce nouveau système, tous les paquets de chips vides, sachets de bonbons, capsules, bouchons en liège et autres déchets brillants que le petit groupe dégota. Sur un grand carton, il fut inscrit la valeur décrétée pour chacun des types de contenants répertoriés ainsi que la liste des services proposés en contrepartie par les SDF du quartier. Eux furent libres de définir leurs tarifs en fonction de la demande et les affichèrent distinctement sur chacun de leurs campements. Ainsi, Dédé, qui dormait à l'arrière d'une épicerie, proposa des produits périmés à partir de trois bouchons en plastique, ce qui était bon marché. André, ancien ébéniste, fut d'accord pour retaper des meubles cassés contre une dizaine de capsules de bière ou tout autre emballage de même valeur. Karim, lui, se mit à fabriquer des vêtements avec des bouts de tissus pour quelques emballages en aluminium. Ginette proposa des cabanes, Lulu, des blagues et Tété, de l'alcool. Quant à Félix, ayant débuté des études de coiffure lorsqu'il était jeune, il décida de s'y remettre. Il vendit ses coups de ciseaux contre des papiers de gâteaux et des couvercles, tout en assumant fièrement son rôle de trésorier.

Très vite, ce qui avait d'abord été pris comme un simple jeu par l'ensemble de la bande devint une véritable raison de vivre. Chaque membre de ce nouveau système accomplissait la tâche qui lui avait été confiée avec passion et détermination, d'une part parce qu'elle lui plaisait, mais surtout parce qu'elle lui permettait d'acquérir un peu plus de confort. Certes, une cabane en carton et des crudités en conserve n'étaient pas ce que l'on pouvait qualifier de luxueux, mais ces sans-abris, qui avaient jusqu'alors été contraints de faire un choix entre l'un et l'autre, pouvaient désormais se payer les deux en même temps sans même se ruiner.

Ce qui était le plus jouissif pour ces SDF frustrés par leur vie d'échecs n'était finalement pas de se remplir le gosier et de se protéger du vent, mais de ne plus avoir à se considérer comme des êtres passifs. Ils étaient devenus les acteurs de leur propre existence et en étaient fiers. L'analyse ne leur apparaissait pas aussi clairement dans leur tête mais le sentiment de satisfaction était le même. Certains agissaient carrément comme de vrais businessmen, n'hésitant pas à négocier le prix d'un bocal de petit pois ou à calculer leur marge lorsqu'ils revendaient un peigne ou un livre.

Qui l'eût cru ? Les bouts de ferraille, les sachets en plastique et tous ces déchets dont ils avaient toujours eu honte jusqu'alors, puisqu'ils faisaient d'eux les boulets du monde, étaient au moins aussi précieux que l'or. Au sens pratique du terme, l'or ne valait d'ailleurs plus rien du tout à leurs yeux. Tandis que les capsules de bière usagées leur permettaient de s'abriter, de manger, de boire et même de se divertir, un lingot d'or n'était bon qu'à être rangé dans une boîte. Et, si l'argent n'avait pas d'odeur, celui-ci avait au moins le mérite d'en avoir. Alors même que le métal le plus précieux semblait futile pour ces clochards, que diable leur fallait-il de plus pour être heureux ? En tout cas, ni Ginette, ni Tété, ni aucun de leurs collègues n'avait connu autant de bonheur depuis qu'ils étaient tombés dans les griffes de la rue. Rien ne leur était paru aussi facile et agréable qu'en monnayant des détritus. Tous affichaient continuellement un large sourire et la plupart avaient arrêté de boire pour devenir encore plus productifs, et donc encore plus riches. Tété, par exemple, s'était mis à vendre les œufs de sa poule, en complément de ses bouteilles.

Un jour, le plus âgé d'entre eux, Dédé, s'était payé le luxe de refuser une pièce à un passant. « Ça te servira plus à toi qu'à moi, misérable contribuable que tu es ! Je compatis, crois-moi », avait-il gloussé en lançant la pièce à la figure de l'homme qui la lui avait jetée à terre. Ce dernier s'était offusqué et avait rapidement changé de trottoir face au fou rire moqueur des autres SDF. Rendre l'argent à une âme charitable, c'était le fantasme de tout pauvre. Et le fantasme avait enfin du sens.

***

— Et ils vécurent heureux et eurent beaucoup d'enfants ! s'exclama Léo, interrompant son professeur en plein milieu du récit.

Tous les enfants éclatèrent immédiatement de rire. Rami avait l'habitude, ses élèves sans foi ni loi avaient de fortes personnalités. Ils n'hésitaient pas à prendre la parole en toutes circonstances. Il en profita donc pour boire l'eau qu'il avait puisée dans le ruisseau du Bois Étoilé le matin même.

— Ils sont rigolos ces SDF, fit la petite Alma. Ils étaient pauvres, deviennent riches grâce à des trucs gratuits mais ils continuent de dormir sur des « trop tard » !

— C'est quoi des « trop-tard », d'ailleurs ? demanda Jacobine, la voisine de Capucine, en jetant un regard confus à l'instituteur.

— Des trottoirs, les enfants, des trottoirs ! s'agaça Rami en reposant son verre vide sur le pupitre. Les trottoirs étaient des plateformes construites sur le bord des routes pour que les gens ne se fassent pas écraser par les voitures.

— Et c'est quoi les voitures ? s'interrogea alors Oscar à voix haute.

Rami se gratta la tête.

— Comment dire... Les voitures, c'était des boîtes en métal sur roulettes, disons. Elles permettaient de se déplacer très, très vite. Mais au millénaire dernier, les modèles à essence ont été interdits car ils nuisaient à l'environnement. On a ensuite construit des voiturettes solaires mais on s'est rapidement dit que les lamas, les chevaux et les jambes étaient quand même moins source d'accidents.

À chaque nouvelle explication de leur instituteur, les enfants étaient partagés entre le rire et le questionnement. Comment leurs ancêtres avaient-ils pu inventer de telles aberrations pour finalement revenir à l'essentiel ?

— Donc, reprit Léo qui bien que pitre restait toujours curieux d'apprendre, les pauvres devenus riches dormaient toujours sur des trottoirs...

— Eh oui, puisqu'il fallait du véritable argent pour pouvoir s'acheter des maisons, répondit Rami en toute logique.

— Si j'ai bien compris, s'écria Alma qui avait amorcé une partie de billes avec ses copines au beau milieu de la salle de classe, les humains avaient besoin de trottoirs pour éviter les voitures ! Ils n'étaient pas un peu bêtes ?

Les élèves rirent à pleins poumons, imaginant leurs ancêtres trop stupides pour faire attention aux voitures tout seuls.

Voyant le thème du cours s'éloigner au fil des questions, tout comme l'attention des petits, Rami reprit les choses en main.

— Bon, les enfants ! Est-ce que vous m'autorisez à lire la suite de l'histoire ou vous préférez débattre tout de suite ?

— L'HI-STOIRE ! L'HI-STOIRE ! crièrent joyeusement les bambins tout en faisant la course pour rejoindre leurs sièges.

Rami attrapa sa brochure et l'ouvrit à la bonne page. Il reprit le fil du récit.

***

Les choses allaient tellement bien dans cette micro-société secrète, pourtant basée au cœur d'un important centre-ville, qu'après quelques semaines de fonctionnement, les sans-logis eurent envie de remercier Félix, l'inventeur de cette incroyable aventure. Certains lui offrirent quelques trouvailles, d'autres, des fleurs ou encore du rab de nourriture, dès qu'ils le pouvaient. Dans un premier temps, Félix fut gêné par tant de bienfaisance. Mais rapidement, il y prit goût. La situation lui donna même des intentions qui s'avérèrent cette fois moins louables. L'expression bien connue selon laquelle « l'argent appelle l'argent » ne valait malheureusement pas seulement pour la devise conventionnelle, et ça, Félix l'apprit à ses dépens. Ou plutôt au détriment des autres.

En effet, il décida d'instaurer une nouvelle règle au sein du groupe. Elle fut baptisée T.O.R., la Taxe Obligatoire de Reconnaissance. En somme, les membres devaient reverser cinq papiers de chewing-gums par semaine à Félix en guise de remerciement. C'était leur dû, leur part du gâteau, leur main à la pâte. Ils n'avaient donc pas à en vouloir à Félix mais seulement à s'acquitter de leur dette sans discuter. C'était comme cela que le trésorier présenta ce commandement inédit auprès de sa communauté. Les SDF du quartier ne furent évidemment pas enchantés par cette décision mais ils comprirent bien vite qu'ils n'avaient pas leur mot à dire. À la pensée d'une potentielle future rébellion de leur part, Félix prit les devants en les menaçant de réquisitionner tous leurs vivres s'ils n'obéissaient pas à la règle. Et puis après tout, qu'était-ce, cinq pauvres emballages de chewing-gums, quand on amassait en moyenne trois cents grammes de paquets vides en tout genre chaque jour ?

Voilà comment le créateur d'un système monétaire qui se voulait idéal parvint à dominer les autres, avec finesse et sans que personne ne s'en offusquât. Alors qu'il n'était pas censé y avoir de chef, Félix le devint. Et tandis qu'au départ, tous les membres étaient égaux face à la fortune globale du groupe, un homme l'était désormais plus que les autres. Mais ce qui avait été introduit en douceur, sans froisser personne, prit bientôt une tournure plus rude, voire totalitaire.

Peu de temps après la mise en place de cette mesure, Félix annonça un nouveau changement. Les papiers de chewing-gums qui lui étaient remis chaque semaine devraient impérativement être verts. Puis bleus. Ensuite, il en demanda dix. Puis vingt. L'appât du gain et l'appétit pour le pouvoir étant devenus trop forts pour le faiseur de lois, il créa ensuite une deuxième taxe, journalière cette fois, et équivalente à trois paquets de gâteaux et quinze papiers de bonbons. Chaque semaine, selon de quelle humeur Félix se réveillait, les taxes augmentaient et variaient. Celui-ci n'incarnait donc plus le petit coiffeur des sans-abris mais bien le roi du pétrole. Il s'était d'ailleurs fait construire un trône par Ginette et passait ses journées à compter, feuilleter et collecter des emballages alimentaires qu'il stockait dans des boîtes à chaussures. De temps à autre, il en ouvrait une pour observer sa richesse croître à mesure que les jours passaient. Dans ces moments, ses yeux se mettaient à briller comme s'il s'agissait d'un coffre rempli de pierres précieuses. Les sans-abris, qui passaient le plus clair de leur temps à chercher des déchets pour pouvoir payer leurs redevances à Félix, n'avaient même plus le temps de vendre ni même d'acheter le moindre objet. Ils trimaient des heures durant pour gagner ce qu'ils allaient reverser dans la demi-heure. Et les malheureux qui n'avaient pas trouvé de quoi répondre aux exigences du pique-sou à la nuit tombée se faisaient saisir le peu de biens qu'ils possédaient. Chaque soir à la même heure, tous faisaient la queue devant le trône de Félix pour payer leur impôt.

***

Lorsque Charles, un banquier qui traversait matin et soir la rue du Franc depuis quinze ans, fut pour la première fois témoin de cette scène improbable, il se dit que les clochards devenaient fous à lier. Deux mois auparavant, déjà, il avait trouvé bizarre que les SDF du coin, qu'il connaissait pourtant de vue depuis toujours et qui n'avaient pas pour habitude d'innover en matière de mendicité, se mettent tous à placarder des offres pour le moins suspectes. « Coupage de tifs », « Blagues pas chair », « Lits et maubilié » étaient les quelques mots qu'il avait rapidement pu déchiffrer sur leurs pancartes, en cette étrange soirée de septembre. Ne voulant pas s'attarder, et croyant avoir halluciné, il avait alors attendu le lendemain matin pour en lire plus. Mais la deuxième observation n'avait pas été plus rassurante que celle de la veille. Aux offres de «Vèttemants en tissu » et de « Bouttelles plaines ou quazi » s'étaient ajoutées des mentions incohérentes, telles que « 5 capsules dorées », « 15 paquets de chips et demi » et « 1 bouchon les 5 minutes ». À chaque aller-retour à son travail, Charles avait observé en coin ce que les sans-abri du quartier manigançaient. Ça avait mis un peu de piment à son trajet routinier.

Étrangement, les semaines suivantes, les pancartes
étaient restées les mêmes. Pire : depuis, plus aucun SDF ne demandait de sous aux passants et ils souriaient tous bêtement en permanence. Ils avaient dû tomber dans une nouvelle drogue de synthèse et perdre toute notion de réalité, les pauvres. Ou bien ils n'avaient tellement pas d'argent qu'ils avaient abandonné l'idée d'en réclamer et étaient prêts à rendre des services aux gens pour espérer manger. Dans tous les cas, c'était grave. Persuadé qu'il détenait la clé

de l'énigme, à chaque passage devant eux, Charles culpabilisait. Tandis que lui maniait des quantités de liquidités à longueur de journée dans un bureau chauffé, d'autres n'avaient même plus la force de faire la manche.

Un matin de novembre, alors qu'il gelait, Charles eut pitié et malgré la puanteur, il s'avança vers celui qui semblait être le plus vieux pour lui jeter une pièce. Lorsqu'il reçut en retour son propre sou en pleine face, il se sentit plus qu'humilié. Et quand tous les clochards se mirent à rire à l'unisson, il eut la plus grosse peur de sa vie et s'empressa de quitter le coin, se jurant de ne plus donner une seule pièce à aucun pauvre. Les fois suivantes, il fit en sorte de toujours marcher sur le trottoir opposé au SDF qu'il voyait. Et quand deux d'entre eux occupaient les deux trottoirs au même niveau, il faisait un détour par une rue parallèle, ce qui l'obligeait à arriver en retard au travail comme à la maison. Tout, mais plus jamais d'humiliation. Il se contenta dès lors de tracer son chemin en évitant soigneusement de croiser le regard de ces cinglés. Mais ce soir de décembre où les SDF faisaient la queue sur dix mètres devant un sans-abri assis sur un trône en carton et portant une couronne de sapin de Noël sur la tête, Charles ne put détourner le regard. D'ailleurs aucun passant ne rata la scène tant elle était burlesque. C'était sûr : ils étaient drogués, stupides, fous, irrattrapables et jamais plus il ne culpabiliserait pour eux.

***

Après des semaines à épurer les poubelles du centre-ville pour payer leur taxe quotidienne, arriva ce qui devait arriver. Les SDF ne possédèrent plus suffisamment d'emballages pour subvenir aux besoins de leur monarque, ni même pour répondre à leurs propres nécessités. Félix ne pouvait plus dépenser ses sous nulle part puisqu'il n'y avait plus rien à acheter. Cela ne lui servit donc plus à rien de collectionner des papiers de bonbons ou des paquets de chips qui avaient, par le fait, perdu toute leur valeur. Quand Félix réalisa qu'il n'était qu'un sans-abri accumulateur de déchets, et non pas l'homme le plus riche de la rue comme il l'avait pensé, il se remit à mendier. Les uns après les autres, tous les vagabonds en firent autant, dès qu'ils se rendirent compte que pour manger, ils ne pouvaient plus échapper à la devise officielle. Plus aucun des SDF ne s'adressait la parole, à la fois déçu par la tournure des évènements et honteux d'avoir cru au succès d'une monnaie basée sur des capsules de bière. Ils avaient en plus perdu un temps incommensurable, ce qui ne les aida pas à se pardonner d'avoir agi de la sorte. Chacun de leur côté, la main tendue vers les piétons du quartier, comme en dernière prière, ils reprirent ce qu'ils savaient faire de mieux : quémander. Tels des robots sans âme, des statues de cire sans vie ou des automates dénués de sentiments, ils répétèrent intarissablement les mêmes phrases d'accroche. Ils attendaient.

Leurs cerveaux, eux, étaient loin d'être de marbre, mais plutôt en ébullition. Les évènements qu'ils avaient vécus ces derniers mois et qui avaient changé leur quotidien du tout au tout ne pouvaient pas s'effacer de leur mémoire, même avec un peu de vodka. Chacun dans son coin, sans se regarder, se remémorait secrètement les épisodes de cette extravagante aventure. La nature étant bien faite, malgré la colère et la rancœur, plus les sans-abri se creusaient les méninges et plus les mauvais souvenirs disparaissaient pour laisser place aux meilleurs. Ils se passèrent en boucle les plus beaux passages de leur expérience commune et peu commune à la fois. Ils s'étaient rendu des services, s'étaient offert des cadeaux et du bon temps, avaient vécu confortablement sans mendier et surtout, ils avaient fait ce qu'ils aimaient. Les jours avançaient et la nostalgie grandissait. Ah ! Que c'était doux de ne plus avoir si froid parce que l'on riait tant. Ah ! Que c'était simple de manger quand on décidait qu'on était riches. Ah ! Que les liens étaient forts quand tout le monde avait les mêmes chances d'être heureux. Ah ! Que c'était bon de ne plus avoir à gagner pour vivre, mais à vivre pour gagner. Gagner à être heureux.

— Pourquoi ne referait-on pas exactement la même chose, mais gratuitement ? s'étrangla Ginette, un jour où l'effet du whisky lui avait finalement ôté la question de ses pensées muettes.

Sortie de son contexte, cette phrase était incompréhensible. L'alcool n'aidait d'ailleurs pas vraiment de ce point de vue là. Toutefois, elle fit immédiatement écho dans tous les cœurs des pauvres du coin. Sans jamais oser se lancer, ils avaient toujours secrètement désiré prononcer cette même volonté. Peut-être pas exactement dans ces mots mais certainement avec la même et vive intention. Leurs regards s'illuminèrent et leurs lèvres gercées formèrent ce qui semblait être l'esquisse d'un sourire. Un sourire authentique. Pour autant, quelque chose les empêchait de répondre et d'agir. Le froid, d'une part, mais aussi un autre phénomène, bien plus puissant. Cela ressemblait étrangement à la première réaction de Tété quand Félix lui avait fait part de son idée de donner de la valeur à une capsule de bière. Cela s'apparentait aussi à celle de Charles lorsqu'il avait décidé d'éviter les pauvres, de près ou de loin. C'était l'obstacle invisible que créait l'argent. Alors même qu'il suffisait de redistribuer les cartes pour commencer une nouvelle partie, il était impensable de terminer la précédente. L'argent était le seul et unique moyen mis en place pour obtenir du matériel, et donc du bonheur, contrairement à ce que disait l'écriteau de Tété. C'était en tout cas inscrit depuis trop longtemps dans les esprits pour passer outre. Même pour des gens défavorisés et morts de faim.

Le grand saut devait venir de celui qui avait tout fait capoter. Mais il lui fallait quand même un parachute pour ne pas tomber de trop haut. Félix avait précieusement gardé de côté tous les ciseaux qui lui avaient servi à couper les cheveux de ses amis contre quelques papiers d'emballage en se disant qu'un jour ou l'autre, ils lui seraient utiles. Il se jeta finalement à l'eau et se dirigea vers Tété pour lui proposer une petite coupe en lui jurant qu'il ne lui demandait rien en retour. Mais Tété le repoussa violemment. Il s'approcha alors de Dédé, mais sa réaction fut la même. Personne ne voulait croire à la générosité subite de cet ancien capitaliste en carton. Aucun n'accepta de se faire couper les cheveux. Pour chacun d'eux, c'était évident, les propositions de Félix cachaient forcément une entourloupe.

— Mais puisque je vous dis que je ne peux pas vous entourlouper puisque les emballages usagés ne valent plus rien ! protesta celui-ci.

— Qui sait s'il ne va pas revendre nos cheveux ! lâcha l'un des sans-abri, depuis l'autre bout de la rue.

Ce fut donc triste mais compréhensif que Félix se rassît aux côtés de son seul et fidèle ami, Rex.

Ce samedi de janvier, Félix était en train de calculer s'il avait assez de pièces pour acheter une pâtée pour chien et un cheeseburger, quand il sentit une main sur son épaule.

— Moi, j'veux bien que tu me coupes les cheveux. Mais pas trop courts, hein !

C'était Ginette. Sa chevelure avait tellement poussé qu'elle n'y voyait plus rien. Elle ressemblait presque à une serpillière à franges. Ou à un cobaye à poil long, selon de quel côté on la regardait. C'est dire si les coups de ciseaux étaient urgents. Et puis de toute façon, Ginette regrettait le temps où l'on se parlait et où rien n'était grave. C'était donc l'occasion de briser la glace. Félix s'appliqua pour lui offrir une coupe digne des meilleurs coiffeurs de la capitale et tint sa promesse en ne lui demandant absolument rien en retour. Rassurée et ravie du résultat, Ginette lui rendit la pareille en construisant une superbe niche en carton pour Rex. Karim, qui avait un faible pour Ginette depuis des années sans jamais oser lui avouer, s'émerveilla devant son noble geste et en fit part à Dédé. Celui-ci lui brandit des draps à pois rouges qu'il avait trouvés dans la poubelle de l'épicerie voisine en lui conseillant d'en faire bon usage. Karim se plia alors en quatre pour confectionner une superbe robe qu'il offrit timidement à sa belle. Tété, qui avait suivi la scène depuis son distributeur à billets, se prit d'un élan de compassion pour ce clochard au cœur tendre et le convia à la dégustation de la meilleure cuvée de son domaine. Parce qu'ils n'avaient nulle part où poser la bouteille sans qu'elle ne fût renversée par les passants, André, assistant à leur désarroi, leur fabriqua une petite table d'appoint en palettes. Tété invita finalement tout le reste du groupe à boire un coup en l'honneur de cette belle journée. Ils fêtèrent bruyamment et joyeusement le retour à la bonne humeur, bercés par les rires et les blagues de Lulu.

Voilà comment les sans-abri du quartier en vinrent à se rendre des services et à s'entraider sans jamais plus parler d'argent. Parce que l'argent gâche tout. Spontanément, lorsque quelqu'un manquait de quelque chose, l'autre mettait ses talents à contribution. Et personne n'était lésé car d'une façon ou d'une autre, chacun y trouvait son compte. Quant à la mendicité, elle était mise entre parenthèses. Ils utilisaient la monnaie officielle uniquement pour accéder aux ressources qu'ils ne pouvaient trouver ni dans les poubelles ni dans les cœurs des amis.

CHAPITRE 3

Argent et puissance

Rami profita d'un rare instant de silence offert par élèves pour poursuivre la leçon.

— Cette anecdote, insignifiante au départ, a pris de l'importance quand un journaliste a décidé de suivre le quotidien de ces étranges SDF. Étonné par le fait que les sans-abris ne mendiaient pas, le journaliste s'est mis à filmer ces pauvres gens. Il a ainsi créé un véritable buzz autour de cette affaire. De nombreuses personnes ont ensuite essayé de reproduire ce système basé sur les services gratuits au sein de petites communautés. Ces méthodes alternatives ont tellement eu de succès que les gouvernements ont alors tout mis en œuvre pour les interdire.

— Pourquoi ? demanda Léo, encore hébété par le récit.

— Parce que ça nuisait à l'économie. Les gens arrivaient à s'en sortir en déboursant de moins en moins d'argent.

— Et les gouvernements, ils ont perdu ? questionna Jérôme.

— D'ailleurs c'est quoi « lègue ou vert ne ment » ? demanda Alma, qui avait décidément une étrange façon de construire les mots inconnus.

Rami prit une grande inspiration. Il n'était pas évident de raconter des faits historiques à des enfants qui n'avaient absolument aucun point de repère. Expliquer la définition de l'argent et des gouvernements aux habitants d'un monde anarchique ayant comme seule monnaie la compassion était aussi absurde que de forcer un poisson à manger un chat. Ou alors, il fallait couper le chat en tous petits morceaux et en donner par microportions, matin, midi et soir jusqu'à la dernière miette. Rami allait donc devoir se montrer patient.

— Les gouvernements, en deux mots, renchérit le « maître » d'école après s'être raclé la gorge, étaient des groupes de personnes qui prenaient des décisions à la place des peuples.
— C'est affreux ! s'insurgea Tom depuis l'autre bout de la classe.
Rami ne releva pas la remarque qu'il jugea inutile et continua comme il put sa délicate explication.
— Une personne était choisie par d'autres, c'est ainsi qu'elle devenait chef. Elle pouvait alors gouverner. C'est-à-dire imposer des règles à son peuple. Et non, les gouvernements n'ont pas « perdu », Jérôme, pour répondre à ta question. Disons qu'ils ont dû renoncer par la force des choses. Mais ça n'a pas été aussi simple que ça. Il y a eu des révoltes, des guerres civiles, des manifestations…

Si les enfants avaient à peu près saisi le principe de l'argent, ils ne comprenaient absolument rien au concept du pouvoir. Eux qui avaient grandi dans un monde où l'égalité était la base, ne pouvaient concevoir qu'un groupe de personnes, et surtout un seul individu, pût diriger une population entière sans lui demander son avis. En l'an 3000 aussi, quelques humains étaient en charge de la prise de décisions. Toutefois, non seulement ces organisations n'avaient pas de leader, mais en plus elles se référaient toujours à l'opinion du peuple grâce à des référendums. Les élèves restaient donc perplexes et hagards. Lorsque leur instituteur leur révéla que ce système avait porté pendant un temps le nom de démocratie, et que cela signifiait littéralement « le pouvoir au peuple », ils éclatèrent de rire. Comment des milliards de gens avaient pu croire qu'ils détenaient le pouvoir juste parce qu'ils mettaient un bout de papier dans une urne une fois tous les cinq ou dix ans alors que le reste du temps, ils devaient suivre les règles d'un chef ?

« Trop d'informations tue l'information ». Voilà un excellent prétexte pour ne pas apprendre une leçon, diraient certains. Selon Rami, pour garder intacte toute l'attention de ses élèves durant les huit mois à venir malgré la quantité de sujets inconnus qui les attendait, il fallait justement se reposer sur ce proverbe. À en juger par le vide dans leurs yeux, il s'avérait nécessaire d'accorder une pause aux neurones des enfants. Quoi de mieux pour cela que le jeu ? Ils resteraient dans le thème sans pour autant avoir l'impression d'apprendre. Rami distribua ses pièces et billets aux vingt-deux petits et leur proposa de jouer à la marchande. Naturellement, au fil des scénarios et des mises en scène enfantines, l'activité innocente des enfants se transforma. Le rôle du marchand devint brusquement celui de banquier. Un client perdit rapidement toute sa monnaie en achetant des objets en soldes, puis des actions. Le patron de l'agence imaginaire prit l'apparence d'un homme d'affaires peu conciliant. Bientôt, l'endettement, la corruption et l'enrichissement personnel prirent une place essentielle dans les règles du jeu. Les élèves n'avaient évidemment pas conscience du sens de leurs actes. Mais Rami observait la scène avec clairvoyance. Tout en les amusant, la récréation du jour leur avait fait comprendre les infinies possibilités offertes par un système financier. Du portefeuille rempli au panier percé, il n'y avait qu'un pas. Un billet accepté sous le manteau pouvait dans le même temps être libérateur ou dévastateur. En bref, l'argent détenait un pouvoir qui dépassait absolument tout ce que les enfants du troisième millénaire pouvaient imaginer. Cela donnait de la valeur au plus dérisoire des cailloux et des étoiles dans les yeux aux plus mauvais joueurs.

Rami eut du mal à récupérer toute sa collection d'espèces.

Après cinq bonnes minutes passées à reprendre les sous des mains moites de ses élèves, l'instituteur dut hausser le ton. Il manquait encore trois flouz et dix pépètes. Peu habitué à la fermeté de son professeur, le jeune Oscar aux joues roses s'empressa de fouiller dans ses poches pour rendre ce qu'il avait tenté de voler. L'affaire en resta là.

Au mois de novembre, l'instituteur entreprit de poursuivre son début d'explication sur le pouvoir et ses fondements. Comme pour l'argent, ce nouveau grand thème allait être difficile à avaler. Car à l'époque de l'école du Bois Étoilé, la hiérarchie n'existait plus depuis longtemps. C'était d'ailleurs à peine si ce mot était encore référencé dans les dictionnaires. Il n'y avait ni chef de famille, ni chef d'entreprise, ni chef d'État.

Voilà pourquoi j'ai tant de mal à obtenir le silence, observa intérieurement Rami avant de démarrer le cours.

À l'aide d'un morceau de charbon, il esquissa une série de schémas sur le mur blanc de la classe. Il dessina une pyramide qu'il divisa en plusieurs étages. Il décrivit les différents niveaux de pouvoirs et fit même le lien avec l'argent. Car « souvent », disait-il, « ça allait avec ». Puis il effaça son tracé à l'aide d'un chiffon imbibé de jus de citron et expliqua à ses élèves que la hiérarchie n'avait pas toujours existé. Le système républicain avait en fait été créé après le long et sanglant épisode de la monarchie. Lorsqu'ils apprirent que des personnes avaient pu gouverner sans même avoir été élues, les enfants restèrent sous le choc. Leur bouche déjà grande ouverte s'agrandit encore plus à la révélation suivante : une fois la monarchie abolie dans les pays occidentaux, il ne fallut que quelques mandats présidentiels pour que l'ère des rois et des reines reprît de plus belle.

— Quoi ? Je croyais que la monarchie avait été la pire
façon de gouverner ! s'indigna une jeune fille prénommée Justine.

— Les peuples ont la mémoire courte. Et puis ils n'ont pas vraiment eu le choix, ils se sont fait piéger. Petit à petit, cette fameuse démocratie dont ils étaient si fiers a pris une teinte de plus en plus totalitaire. Sous l'étiquette « démocratie », les chefs obtenaient à chaque mandat davantage de contrôle sur leurs peuples, n'hésitant pas à trafiquer les votes, à acheter les médias ou à augmenter leurs propres avantages au détriment des plus faibles. Mais même déguisé en pingouin, un canard reste un canard. La dictature, même costumée en démocratie n'en était rien. Alors, quand un homme s'est finalement proclamé roi et a supprimé ministres et autres sous-chefs pour les remplacer par des serviteurs, les peuples n'ont finalement pas vu beaucoup de changements. À la limite, c'était presque plus honnête de la part du chef.

Dans la salle de classe, le petit Léo se demanda à quoi cela pouvait bien ressembler, un roi. Lui vint alors à l'esprit la seule créature qui pouvait l'incarner. Il se représenta un homme avec une tête de lion, ordonnant aux gens de lui donner des bonbons et des jouets. Léo sourit. Être roi, ça devait avoir du bon.

L'instituteur passa deux journées d'école à faire la chronologie des différents gouvernements et royaumes les plus importants du globe. Il s'arrêta finalement sur le règne d'Irma. L'un des récits sélectionnés pour le programme de l'année concernait tout particulièrement cette reine. Son histoire à elle seule illustrerait mieux que toute leçon les possibilités offertes par le pouvoir. Rami en était singulièrement convaincu. Il s'assura que tous les enfants fussent bien concentrés avant d'ouvrir sa brochure à la bonne page.

CHAPITRE 4

Celle qui confondait pouvoir et compétences

En 2123, Irma était ce que l'on appelait une reine respectée. Ceux qui ne la craignaient pas étaient de toute façon condamnés à mort ou à l'esclavage à perpétuité. Elle possédait trois pays, soixante et onze châteaux, une centaine de maisons et dix manoirs. Sa fortune était immense, tout comme son pouvoir. Mais à choisir entre l'argent et l'autorité, Irma penchait à coup sûr pour la deuxième option.

Plus elle donnait d'ordres, plus on lui obéissait, et plus elle se sentait puissante. Jamais, pourtant, elle n'était comblée. Voilà pourquoi elle ne cessait d'imposer sa supériorité. C'était presque inné chez elle, mais elle en abusait chaque fois qu'elle le pouvait. D'ailleurs, rien ne lui était refusé. Si bien qu'elle cherchait toujours à bénéficier des services les plus complexes. Plus un ordre embarrassait celui qui devait l'exécuter, plus elle était flattée dans son ego. Irma obtenait chaque jour l'équivalent des désirs inassouvis de quinze personnes. En fait, la plupart de ses caprices n'avaient jamais été prononcés par quiconque avant elle, tant ils étaient disproportionnés. La reine ne se lassait pas, par exemple, de demander des plats impossibles à réaliser ou des objets provenant de l'autre bout de la planète dans des délais inconcevables. Les pauvres cuisiniers qui avaient beau mettre du cœur à faire tenir une boule de glace sur du chocolat chaud, et qui n'y parvenaient évidemment pas, étaient alors tués sur-le-champ. Les malheureux domestiques qui devaient parcourir trois mille kilomètres aller-retour en deux heures pour un pot de confiture local savaient avant même d'essayer qu'ils seraient morts dans la soirée. Certains tentèrent bien de tricher en faisant un tour dans une épicerie exotique par exemple, tout en assurant qu'ils avaient voyagé, mais ceux-ci n'étaient pas mieux traités à l'arrivée. La reine, bien que loin d'être la plus maline des femmes, n'était pas dupe lorsqu'il s'agissait d'obéir à un ordre irréalisable. Si elle inventait des vœux insensés, c'était pour son propre plaisir de domination. Quant à l'idée qu'on osât lui mentir, c'était pour elle le comble de l'outrage. Celui qui bravait cet interdit était donc non seulement condamné à mort, mais également aux pires souffrances. Les traîtres étaient alors contraints de supporter d'interminables séances de tortures. Ils devaient ensuite patienter dans la douleur jusqu'à ce qu'enfin la reine Irma mît un terme à leurs tourments. Le moment venu, elle intimait l'ordre à ses bourreaux de les tuer. Là encore, la reine faisait durer le plaisir. Il n'était pas question de les euthanasier rapidement. Ceux qui avaient osé remettre en question sa domination devaient la subir doublement.

***

Les élèves ne comprirent pas la définition du terme « tuer » mais Rami leur annonça qu'il reviendrait longuement sur le sujet dans un prochain cours. Pour l'heure, il leur rappela brièvement qu'ils avaient tous déjà tué sans le savoir lorsqu'en marchant, ils avaient écrasé des insectes. Les enfants, qui imaginèrent alors un être humain se faire écraser par une chaussure géante, ne furent pas plus éclairés. Mais l'instituteur préféra poursuivre sa lecture avant que les pires images ne vinssent troubler l'esprit des enfants.

***

Même si elle avait des tas de domestiques, de larbins et de bonnes à tout faire, Irma aimait flâner seule pour faire ses emplettes par elle-même. Loin d'elle le désir de s'occuper des tâches de bas étage. Toutefois, elle appréciait par-dessus tout tester sa supériorité sur les plus petites gens. Il lui était donc nécessaire d'aller au contact. Ainsi, elle adorait traiter le plus misérablement possible toutes les personnes susceptibles de la servir durant ses sorties. Dans la rue, les gens la reconnaissaient immédiatement et se prosternaient à mesure que la reine avançait, de peur de subir l'un de ses ordres improvisés. Car ceux-ci pouvaient survenir à n'importe quel moment, en fonction des envies de la souveraine. Elle était imprévisible et c'était justement ce qui faisait sa puissance. On ne pouvait jamais se préparer suffisamment à l'arrivée de l'ouragan Irma. Tel un véritable cyclone, la reine provoquait sur son passage une vraie hécatombe. Chaque fois qu'elle se rendait dans une boutique, les commerçants étaient certains de vivre au mieux une immense humiliation, au pire la fermeture de leur magasin. C'était selon l'humeur de Madame.

Ce jour-là, son esprit était à la cruauté. Ainsi, elle entra chez un fromager, passa devant tout le monde et demanda à ce qu'on lui coupât pour douze grammes de chaque fromage du rayon. Si le poids ne tombait pas juste au gramme près, le commerçant devait recommencer. Parce qu'il y avait un large choix de fromages, la tâche prit un moment, ce qui déplut immanquablement à Irma. Elle mit donc la pression au vendeur pour finalement lui annoncer qu'elle n'avait pas le temps d'attendre plus longtemps et qu'il pouvait faire attention à sourire davantage, ça faisait mauvais genre. La reine se rendit ainsi dans différents commerces du quartier et imposa chaque fois un peu plus de sa toute-puissance et de son autorité. Chez le poissonnier, elle commanda un requin pour le soir même. Au bureau de tabac, elle exigea qu'on lui gratte tous les jeux d'argent jusqu'à ce que le gros lot fût inscrit sur l'un d'entre eux. À la poste, elle ordonna l'impression d'une centaine de timbres à son effigie. Dans le bus qui la ramena à l'une de ses résidences, elle fit descendre tous les voyageurs et attendit qu'on lui apportât du champagne à son siège.

***

— Ça va ? s'inquiéta Rami devant ses élèves étonnamment silencieux.

Tous hochèrent la tête mais n'avaient pas spécialement le sourire.

— C'était une femme épouvantable ! s'offusqua Tom.

— Le pouvoir est addictif. Plus on en a, plus on en veut, expliqua calmement l'instituteur.

— C'est pas vrai ! s'indigna Léo, qui avait gardé en tête l'image du lion couronné. Moi si j'étais roi, je serais gentil avec tout le monde.

— Ça c'est ce que tu dis, répondit Rami, mais je t'assure que ça n'est pas aussi facile. La plupart des chefs étaient pleins de bonne volonté et de beaux discours avant de se mettre à asservir les peuples, tout comme leurs prédécesseurs et leurs successeurs. C'est comme ça et ça le sera toujours.

Justine tira la langue à Léo et ajouta :

— Oui, il a raison, je suis sûre que tu nous embêterais si t'étais roi ! Tu serais exigeant et tu nous piquerais toutes nos affaires !

L'instituteur trouva la transition assez bonne pour reprendre son histoire.

***

Partout où elle allait, Irma portait une gigantesque couronne sur la tête. Une couronne couverte de pierres précieuses. C'était celle qu'avait portée son père avant elle. Par fierté et honneur, jamais elle ne la retirait.

C'était bien la seule chose qu'elle s'imposait à elle-même. Cette couronne, bien que lourde et encombrante, était en quelque sorte le signe extérieur de son statut et de sa grandeur. Irma était fière d'incarner la seconde génération des monarques après la longue période de démocratie que le continent avait traversée.

Des siècles auparavant, les hommes, épuisés par leur roi, lui avaient coupé la tête. S'en était suivi un système démocratique dans lequel le peuple pouvait enfin s'exprimer et où le chef du pays n'était plus le seul à prendre des décisions. Mais année après année, mandats après mandats, plus les présidents s'étaient enchaînés et plus ils avaient abusé de leur pouvoir. En apparence, ces gouvernements suivaient toujours des régimes démocratiques, grâce au droit de vote, à la liberté d'expression et à deux ou trois autres permis cédés aux peuples. Mais au fond, si ces droits étaient toujours d'actualité pour la forme, les gouvernements n'hésitaient plus à faire passer des lois à l'encontre de la volonté des populations. Soit ils faisaient croire qu'ils l'avaient bien voulu, soit ils avaient recours à des décrets leur laissant la liberté d'imposer certaines décisions. Les élections, censées permettre aux peuples de nommer des chefs qui répondraient à leurs attentes, leur permettaient en fait uniquement de choisir parmi plusieurs personnes présélectionnées par les grandes puissances financières pour diriger le pays. Les hommes, pensant avoir leur mot à dire, étaient dans l'impossibilité de faire entendre leur volonté. Interdiction de manifester, limitation de la tranche d'âge des électeurs, référendums truqués : la liste des défaillances de la démocratie était immense. La prise de pouvoir du militaire Hector De Villoing en 2075 signa la fin de ce système. L'homme fut le premier roi à régner après l'ère de la démocratie. Lorsqu'il fut élu, car il avait tellement su manier son image que le peuple vota pour lui, les faux pouvoirs du peuple furent immédiatement abolis. Avec le roi Hector, les gens n'avaient qu'à suivre les ordres du trône et vivre en fonction de ceux-ci sans se poser de questions. Si cela facilitait les choses sur certains points, les habitants ne vivaient pas les évènements très bien. Mais au moins, ils n'avaient plus de questions à se poser quant à leur appartenance politique ou à leurs opinions sur telle ou telle mesure. Si une règle était posée, il n'y avait pas d'autres choses à faire que la suivre. C'était une question de vie ou de mort.

Hector éleva sa fille Irma comme une vraie princesse. Il lui apprit l'art de donner des ordres et d'imposer ses désirs. L'art de se faire servir et de n'avoir aucune pitié pour les autres. Il lui apprit tout ce qu'une reine devait savoir pour profiter pleinement de ses pouvoirs. Une fois son père décédé, Irma fut nommée reine. Le fait d'être une femme était un avantage considérable. Elle avait déjà gagné l'admiration de toute la partie féministe du peuple. Elle incarnait la domination féminine pour toutes celles qui ressentaient un désir de vengeance sur les hommes qui les avaient longtemps dominées. Le jour de son investiture provoqua un tel engouement général qu'on en omit l'absurdité de l'évènement. On célébrait joyeusement l'attribution des pleins pouvoirs à un maître. Si ce dernier était mal intentionné, c'était alors comme fêter son futur suicide : on donnait le bâton pour se faire battre, et on en était fier.

En l'occurrence, Irma était mal intentionnée. Du moins, même si elle ne pensait pas forcément à mal, user de son pouvoir et de sa supériorité était tout ce qu'on lui avait toujours inculqué. Elle remplit donc sa mission d'omnipotence de façon totalement naturelle. Une partie de la population regretta sa sympathie envers la reine dès qu'elle donna ses premiers ordres. Mais paradoxalement, Irma provoqua aussi chez beaucoup de gens un vent de passions. C'était comme si le peuple était atteint du syndrome de Stockholm, tombant amoureux de son propre tortionnaire. Cela avait déjà été observé à de nombreuses reprises dans l'Histoire. Face aux plus grands dictateurs, les humains sous l'emprise ne pouvaient s'empêcher de considérer leur maître comme le meilleur de tous. La menace qui pesait sur chaque tête rendait la révolte inimaginable, c'était un fait. Mais outre la peur des sanctions, c'était d'abord la vénération aveugle des habitants pour leur reine qui les empêchait de se rebeller. Irma avait dès lors toute sa vie devant elle pour réaliser les pires expériences de domination sur son peuple. Sa confiance était totale et son influence, absolue.

Ce fut dans cet esprit de toute-puissance qu'Irma accepta l'invitation du roi Barnabé pour un repas d'affaires en Barnabie, un pays du continent sud-stranglais. Car oui, dans les autres pays aussi, pour ceux qui avaient eu la chance de passer par la case démocratie, il n'en était plus rien. La monarchie était désormais le seul système qui régissait le monde.

Irma, qui ne quittait jamais ses territoires, accepta avec plaisir une petite escapade en cette saison hivernale. La température y serait meilleure et cela la changerait un peu de son quotidien. Être sans cesse entourée d'individus asservis, c'était fatigant. Elle irait passer un moment agréable aux côtés de quelqu'un qui savait ce que c'était de diriger un peuple. Elle pourrait enfin se confier sur les anecdotes typiques de la suprématie. Comment elle avait fait abattre le dernier larbin qui n'avait pas su repasser sa traîne bleue, ou de quelle manière elle avait calculé le dernier impôt sur l'air respiré.

Avant de partir, Irma avait veillé à ce que ses ordres fussent bien transmis par messages électroniques et affichés sur des écrans géants dans les rues de son pays lorsqu'elle serait absente. Ainsi, même à trois mille kilomètres, elle pourrait assouvir ses pulsions tyranniques en quelques clics. La royauté combinée au monde moderne était un cocktail explosif très prisé des monarques. Cela leur permettait d'accroître leurs possibilités d'oppression et de commandement. En un mail, ils pouvaient provoquer une guerre à l'autre bout du monde. En un clic, ils pouvaient prélever les impôts sur les comptes bancaires de tout un peuple. Sans compter les robots-serviteurs ou les armes numériques. Mais pour Irma, il n'y avait rien de tel qu'un bon humain bien malléable pour exercer son pouvoir de manipulation. Quel plaisir de voir ces petites jambes s'activer autour d'elle au moindre de ses désirs, quel ravissement de regarder les individus se prosterner à chacun de ses déplacements ! Et puis, un robot, ça n'était pas torturable de toute façon. La soumission restait propre aux êtres doués de sensibilité. Irma n'utilisait donc les technologies que pour mieux étendre ses capacités à dominer son monde.

Accompagnée de deux de ses domestiques, de son habilleuse et de sa maquilleuse, Irma embarqua dans son avion privé pour la Barnabie. La durée du vol était prévue pour six heures. Six heures durant lesquelles elle pourrait à nouveau se faire plaisir. Les hôtesses de l'air, préparées à subir un véritable calvaire durant ce trajet interminable, durent s'exécuter au moindre des ordres d'Irma. Elles lui servirent une entrée exotique, un plat occidental et un dessert typique des îles Véra, comme elle leur demanda. Elles lui diffusèrent un film en avant-première sur son écran personnel et lui apportèrent une couverture en duvet d'autruche, comme elle l'ordonna. La compagnie aérienne s'était bien évidemment entraînée aux pires caprices de la reine, mais n'avait pas pu prévoir l'imprévisible. C'est pourquoi l'avion fut régulièrement ravitaillé en plein vol par de petits appareils qui apportèrent par la soute de quoi satisfaire les exigences de l'insatiable monarque. Le vol se déroula ainsi, rythmé par la course effrénée des employés de la compagnie aérienne, par les exigences d'Irma et par les secousses de l'avion. Car l'engin avait beau être celui de la reine, celui-ci ne répondait qu'aux ordres du pilote et des évènements climatiques. Quelle que fût son importance, aucun roi du monde ne pouvait dominer les forces de la nature. Et ce jour-là, il sembla justement que la nature voulût défier la puissance d'Irma De Villoing. Pour autant, cette dernière n'accepta pas d'attacher sa ceinture, malgré les conseils du pilote de l'avion en personne, dont la voix lui était retransmise par le haut-parleur au-dessus d'elle. Une conversation surréaliste eut même lieu entre Irma, assise à son siège, et le pilote, depuis le cockpit.

— Votre Altesse, j'ai été alerté par mes hôtesses au sujet de votre refus d'attacher votre ceinture de sécurité. Si je puis me permettre, vous devriez suivre les instructions, il en va de votre sécurité.
— Je ne suis aucune instruction, encore moins quand il s'agit de ma sécurité ! Qui êtes-vous, bon sang, pour juger ce qui est nécessaire pour moi ? Je fais encore ce que je veux !

Mécontente, Irma s'était levée de son siège. Mais elle fut rapidement rassise par la force des turbulences.

— Je ne suis que le commandant de bord et je ne vous informe que de mes humbles connaissances... En l'état du ciel, je vous assure que votre sécurité est en jeu, lui répondit aussi calmement que possible le pilote.
— Je ne vous permets pas de m'assurer quoi que ce soit, ni de me parler à travers un haut-parleur ! Je vous prierai de vous adresser à moi en me regardant dans les yeux ! De cette façon, peut-être que je changerai d'avis au sujet de la ceinture. Venez si vous êtes un homme !

Le pilote se tut quelques secondes, partagé entre piloter un avion en pleines turbulences et converser avec la reine de son propre pays. Cette dernière profita du silence qu'elle avait suscité pour continuer à maugréer haut et fort. Comme pour clamer sa supériorité.

— En l'état du ciel, je vous assure que gna gna gna ! se moqua-t-elle sur un ton sarcastique.

Tout en imitant le pilote, de sa voix la plus machiavélique, la reine Irma se leva et fit les cent pas dans un avion toujours plus mouvementé.

— Non mais pour qui il se prend lui ? Pour Dieu ? Il ne sait pas à qui il s'adresse ? Ha ! Une fois qu'on aura atterri, il fera moins le malin quand il s'apercevra que la seule chose qu'il pourra piloter à l'avenir sera... son popotin !

Pour le pilote, se voir menacer de perdre son travail était la cerise sur le gâteau. C'en était trop. Lui qui aimait son métier plus que tout bondit de son siège. Le malheureux, qui avait tout entendu des remarques désobligeantes de la reine depuis le cockpit, en sortit, laissant son copilote dans l'embarras.

— Madame, veuillez m'excuser de vous avoir parlé sur ce ton, improvisa le commandant en avalant sa salive. Par pitié, laissez-moi une deuxième chance, je ferai tout ce que vous voudrez ! renchérit-il en se jetant aux pieds d'Irma.

Intérieurement, le pilote voulait sa mort. Mais comme tout le monde, sauf ceux qui s'en mordaient les doigts en prison, il était prêt à la plus grande des hypocrisies pour échapper aux terribles sanctions de la reine. Il n'hésiterait pas à se ridiculiser pour garder sa place de commandant de bord ainsi que sa liberté. Chaque fois que quelqu'un se mettait à genoux devant elle, Irma était aux anges. Au lieu de se sentir gênée par tant de courbettes, Irma en redemandait et en abusait. Le pilote était prêt à tout ? Soit. Il allait devoir obéir.

— J'ai besoin d'air. Ouvrez une fenêtre ! fit-elle soudainement.

Tandis que le conducteur de l'avion restait figé sur place à l'idée d'ouvrir un hublot à dix kilomètres d'altitude, les hôtesses de l'air, qui avaient suivi toute la conversation, étaient terrifiées. Leur chef de bord n'allait quand même pas s'exécuter ?

— Les hublots sont scellés, madame, lui dit-il, embarrassé.

— Et bien vous allez les desceller, répondit-elle sur un ton hautain qui ne laissait aucun choix.

— Ce… Ce n'est vraiment pas possible… déplora-t-il.

La reine le fixa alors droit dans les yeux et lui souffla d'un air démoniaque :

— Pas de problème, vous savez ce qui vous attend une fois ce vol terminé. Non seulement vous ne m'obéissez pas, mais en plus vous me répondez et me gâchez mon voyage. Vous allez le regretter.

Le pilote se mit à transpirer et à trembler, sous les yeux angoissés des domestiques de la reine et des employés de la compagnie aérienne. Il se dirigea alors vers l'une des ailes de l'appareil.

— Si j'ouvre la porte, ça vous ira ?

Les membres de l'équipage de l'avion se regardèrent, affolés.

— Ça ira, répondit dédaigneusement la reine, le menton levé en signe de supériorité.

S'ensuivit alors une scène digne des plus grands films muets. Mais dans un barouf à peine croyable. Le commandant s'entêtait à essayer d'ouvrir la porte alors que la pression atmosphérique extérieure l'en empêchait évidemment. Un steward et deux hôtesses de l'air tentaient lamentablement de l'extirper de la poignée de la porte. Tous autant qu'ils étaient grommelaient et poussaient des cris tantôt de douleur, tantôt d'agacement. La reine, observant la scène, des cacahuètes plein la bouche, s'en mettait plein les yeux.

L'agitation était aussi importante dans l'appareil que dans le ciel. Si bien que le copilote, dépassé par les évènements, fut contraint de sortir du cockpit. L'avion avait perdu énormément d'altitude.

— Bernard, viens m'aider s'il te plaît, je n'arrive plus à gérer le pilotage, j'ai besoin de ton expér...

Le copilote s'arrêta net devant la bagarre dont il fut témoin. Après deux secondes d'hésitation, il rejoignit ses collègues. En unissant leurs forces, peut-être arriveraient-ils à faire entendre raison au chef de bord... Malheureusement, une nouvelle turbulence fit brusquement pencher l'appareil dans le sens opposé à l'issue à laquelle était toujours fermement agrippé le pilote. Le poids des quatre personnes, cumulé à la violence du choc, suffit à ce que l'air s'engouffre dans l'entrebâillement de la porte. Celle-ci s'ouvrit en un immense fracas et tout l'intérieur de l'avion fut instantanément aspiré vers l'extérieur. Le pilote, les employés, les sacs, les plateaux-repas, la reine.

Irma chuta sur plusieurs milliers de mètres dans un froid incisif. La reine s'évanouit aussitôt avant de plonger dans l'océan.

Elle se réveilla miraculeusement sur du sable, la peau brûlée par le froid, la gorge sèche, les vêtements trempés. Sa couronne, aussi étrange que cela pût paraître, était toujours fermement vissée sur son crâne. Avec les années, celui-ci avait pris la forme du métal doré et les deux s'emboîtaient à la perfection, résistant ainsi à toutes les tempêtes.

Personne n'aida Irma à se relever. Elle resta quelques minutes allongée, les yeux entrouverts, bercée par le son cadencé des flots qui s'écrasaient sur la plage. Une vague un peu plus puissante que les précédentes poussa finalement la reine à changer de position. Après avoir avalé la tasse, Irma se mit difficilement sur ses deux jambes. Elle était seule. Seule au milieu de nulle part. D'un côté, l'océan à perte de vue, de l'autre, une forêt dense. Entre les deux, du sable, rien que du sable. Comment avait-elle réussi à s'échouer sans se noyer ? Peut-être grâce à ce bout d'aile d'avion qu'elle voyait s'éloigner avec le courant. Irma fut prise de nausées et cracha de l'eau salée. Sans autre choix, elle prit la direction de la forêt. Jamais auparavant elle n'avait été livrée à elle-même. Si sa cour avait été présente, la reine n'eût à peine remarqué son accident. Elle eût été habillée avec des vêtements secs, assise sur un trône moelleux et attablée devant un plat chaud en moins de deux. Malgré l'assistance de ses domestiques, elle eût encore trouvé à redire et à exiger du confort supplémentaire. Pour l'heure, personne n'était à son service. Enragée, elle franchit non sans mal chaque obstacle qu'elle trouvait sur son chemin. Ne sachant dans quelle direction se vouer, ignorant tout de sa destination, elle ne pouvait faire autrement qu'avancer. Elle se prit plusieurs fois les pieds dans des racines et se griffa les jambes sur des plantes épineuses.

Mais le pire était à venir. Alors qu'elle tentait de dégager ce qui restait de sa lourde traîne des branches d'un arbuste en jurant, Irma fut interpellée par un bruit de feuillages inquiétant. La forêt, si silencieuse jusqu'à présent, abritait sans aucun doute des êtres vivants. Apeurée, elle se retourna brusquement et poussa un cri strident lorsqu'elle aperçut entre deux grandes fleurs rouges le museau d'un léopard. Irma se reprit immédiatement et leva le menton, comme elle avait l'habitude de le faire dès qu'elle croisait la route de n'importe quel individu.

— Couché ! Pas bouger ! hurla-t-elle, sur le même ton que celui que son père utilisait avec ses chiens de chasse.

Le léopard rugit de toutes ses forces, décoiffant au passage la reine qui retint instinctivement sa couronne avec ses deux mains. Le félin, qui ne se trouvait qu'à deux mètres de la femme, bondit sur elle. Au plus haut de son saut, il fut soudainement interrompu dans son élan et s'écroula aux pieds d'Irma. Une flèche se dressait au milieu du dos du prédateur. Un homme, coiffé d'une tête de crocodile et recouvert d'une peau de panthère et de plumes de perroquets accourut vers la bête fraîchement abattue, un arc dans la main droite. Irma ne montra aucun signe de crainte. Au contraire, elle parut dégoûtée.

— Vous me ramasserez cette bête... Et puis vous changerez d'accoutrement. Vous vous êtes cru à la gay pride ? fit la reine, un sourire narquois en coin.

Sans un mot, l'homme attrapa le félin et le balança sur son dos avant d'empoigner Irma par l'avant-bras. Il se mit à courir à travers les arbres, ses deux butins sur lui, tandis que la reine ne cessait de hurler. Exténuée, elle se laissa mener par le bras, tentant tant bien que mal de suivre le rythme. Quelques minutes plus tard, l'homme s'arrêta enfin au milieu d'une clairière entourée d'habitations en branchages. Des hommes et des femmes, tous vêtus de peaux animales et de plumes colorées, sortirent de leurs maisons respectives, encerclant ainsi l'homme à la tête de crocodile et ses deux proies. Un léopard et une reine en une seule session de chasse, voilà ce qui s'appelait une bonne prise. Mais dans la tête des membres de la tribu, pour ce qui était de la reine, il s'agissait plutôt d'une espèce étrange. Irma, le corps abîmé par ses aventures dans la forêt et par son accident d'avion, prononça les seuls mots qu'elle fut capable d'articuler, « Je vous ordonne de me soigner ! » avant de s'écrouler sur la terre rougeâtre du camp. En chœur, les indigènes s'esclaffèrent de rire.

Tandis que tous se mettaient à frapper dans les mains et à danser, celui qui semblait être le chef de la tribu, ou en tout cas le plus âgé, entra dans le cercle qu'avait formé la foule et s'approcha du chasseur et de la reine. Il mit une main sur l'épaule du tireur à l'arc, comme pour le féliciter. Alors que ce dernier rejoignait le reste du groupe, son léopard sur le dos, le doyen du clan s'abaissa au-dessus d'Irma, toujours affalée au sol. Dans un bruit de ventouse décollée, il arracha la couronne de pierres précieuses de la tête de la reine, qui rouspéta immédiatement. Trop faible pour se mouvoir, elle ne put que discuter. Ou plutôt maronner.

— Remettez immédiatement cette couronne en place ! Respectez votre reine ! Respectez ma couronne !

— Sur la Terre d'Amande, il n'y a pas de reine, souffla le vieil homme, d'une voix rauque.

— Je suis la reine partout ! Et même sur les territoires étrangers, je suis au-dessus de vous !

— Comme vous pouvez l'observer, répondit l'homme sur un ton très calme, c'est moi qui suis au-dessus de vous. Vous êtes couchée par terre. Vous êtes faible. C'est aux plus forts de guider les plus faibles. C'est aux plus compétents de guider les plus ignorants.

Même si son accent était prononcé, l'homme penché au-dessus d'Irma s'exprimait tout à fait clairement. Mais il avait beau être précis dans ses mots, la souveraine ne pouvait comprendre de tels propos. On lui avait déjà désobéi et on avait payé pour ça. En revanche, jamais on n'avait contesté sa supériorité. L'état physique dans lequel elle se trouvait l'empêchait de toute façon de s'opposer à son destin. Plusieurs autochtones l'emmenèrent vers l'une des cabanes où on appliqua des cataplasmes de plantes médicinales sur ses blessures. Une femme lui tendit ce qui ressemblait à une peau de bison travaillée et après quelques secondes de réflexion, Irma comprit qu'elle devrait l'enfiler seule. Elle s'exécuta en marmonnant des plaintes incompréhensibles. La femme la regarda avec compassion et lui murmura :

— La dépendance aux autres mène à la mort. Le véritable pouvoir commence par celui que vous avez sur votre propre corps.

Irma la regarda, interloquée, et se coucha sur le lit de paille qui lui était offert. Pas de repas chaud, pas de couverture en soie. Juste une cabane, des compresses et de la paille. Mais la journée fut riche en enseignements.

La nuit également. Car lorsqu'à 3 heures du matin, elle exigea un pot de chambre pour uriner, personne ne vint. Elle essaya de se lever, en vain. Ses jambes étaient encore trop faibles. Ce sentiment d'impuissance s'avéra insupportable pour la reine. Elle pour qui tout semblait toujours dû commençait à se rendre compte qu'elle n'était pas mieux traitée que les autres. Pire que ça : elle prenait conscience qu'elle n'avait aucun contrôle sur elle-même. Les mots de la femme de la veille lui revinrent à l'esprit.

« Le véritable pouvoir commence par celui que vous avez sur votre propre corps ».

— Debout ! ordonna-t-elle à ses jambes sur le même ton qu'elle utilisait pour parler à ses sous-fifres.

Ses jambes n'obéirent pas. Alors Irma se concentra sur ses muscles, sa force, sa volonté... Comme par magie, ses jambes fléchirent. Une fois debout, la reine sortit de sa cabane et chercha à tâtons un coin tranquille dans l'obscurité de l'île sur laquelle elle avait échoué. Contente d'avoir pu assouvir ses besoins primaires d'être humain, elle se recoucha plus apaisée que jamais.

Dès le lendemain, Irma apprit à chercher de la nourriture. Puis à cuisiner. Non sans se plaindre bien sûr, mais elle suivit les instructions. Les jours suivants, elle appliqua les conseils de tous les membres de la tribu. Chacun avait sa spécialité. Certains étaient plus doués à la chasse, d'autres à la construction d'outils, d'autres encore connaissaient sur le bout des doigts les vertus des plantes sauvages de l'île.

Bien sûr, les choses ne se passèrent pas aussi simplement que cela. Après une vie d'autoritarisme et d'orgueil, c'eut été un miracle qu'Irma changeât aussi rapidement. À de nombreuses reprises, l'ancienne reine fut prise de crises de caprices, de sensations de découragement ou du mal du pays. Mais chaque fois, elle surmonta ses angoisses. Sans personne à ses pieds, elle ne pouvait exiger d'efforts que d'elle-même. Elle apprit donc peu à peu à s'adapter aux besoins des autres, à participer à la vie en communauté tout en restant indépendante.

***

— C'est trop beau pour être vrai, nota Capucine.
La petite fille avait interrompu Rami qui n'avait qu'une hâte, que ce récit prît fin.
— Comment ça ? s'impatienta-t-il. Jérôme vint à la rescousse de la fillette.
— Bah elle est quand même passée de dictatrice à aventurière !
— Tu nous prends pour des truffes ? lança Louison au professeur.
— Des truffes toutes naïves ? renchérit Cédric.
Rami se sentit comme un enfant face à des parents à bout de nerfs. Les rôles étaient inversés.
— Hé ho ! fit-il. Ne vous en prenez pas à moi, je ne suis pas l'auteur de ce conte. Tout n'est pas forcément véridique là-dedans, c'est juste une façon de raconter l'histoire de la reine Irma… Si vous voulez bien, on débattra quand j'aurai fini !
Les enfants acceptèrent le marché et se turent, attendant avec empressement le terme de la lecture pour pouvoir bavarder.

***

Des mois et des mois passèrent. Pendant l'absence d'Irma, les choses avaient également bien changé côté civilisation. Dans le pays autrefois gouverné par la reine, une véritable révolution des consciences avait eu lieu. Une semaine après le crash aérien, la phase d'hommages passée, on se demanda qui allait prendre la place de la supposée défunte au trône.

Aucun mari n'ayant pu supporter ni ses caprices ni ses sentences, Irma n'avait pas eu d'enfants. Officiellement fille unique, elle n'avait donc aucun héritier. Les conseillers d'Irma étudièrent les petites lignes des règles de succession instaurées par Hector De Villoing durant des semaines, sans résultat. Parallèlement à ce casse-tête politique, le peuple, et en particulier les anciens serviteurs de la reine, vécurent un soulagement personnel. Ils gardèrent d'abord ce sentiment pour eux-mêmes, de peur d'être jugés. Puis ils se confièrent. Rassurés à l'idée qu'ils n'étaient plus seuls et pourraient enfin s'exprimer sans craindre de terribles représailles, les esprits se relâchèrent.

Les sourires, qui avaient depuis longtemps disparu, reprirent possession des visages. L'humeur générale était au beau fixe. Il ne restait plus qu'à trouver comment redresser le pays sans chef. La solution était en fait sous le nez de tous, mais il fallut du temps pour que ce nouveau système fût officialisé. Naturellement, les serviteurs de la reine continuèrent le travail qu'ils avaient effectué toute leur vie. À la seule différence qu'ils ne travaillaient plus pour la reine, mais pour le peuple. Le conseiller en stratégie financière de la reine établit de nouvelles stratégies qu'il présenta non plus à Sa Majesté, mais aux habitants. Un référendum fut organisé et on vota ainsi les nouvelles réformes. Il en fut de même pour le conseiller du travail, de la justice ou de l'agriculture. Des conseillers supplémentaires furent nommés grâce à des élections en fonction des besoins que rencontra le pays. Pas à pas, c'était comme si le monde apprenait à prendre le pouvoir sur lui-même. À s'émanciper. Certes, parfois, il arrivait au nouveau régime de faire des erreurs. Mais l'avantage de ce système, c'était que le peuple avait toujours son mot à dire. Si une règle s'avérait injuste ou dangereuse pour quelque raison que ce fût, il était possible de la réformer. Et même si les lois ne pouvaient pas avantager tout le monde, la bonne ambiance générale tranchait définitivement avec l'ancien régime. Désormais, la solidarité et l'altruisme animaient chaque projet. Ainsi, les cuisiniers de la reine préparaient des petits plats pour les plus démunis, les couturiers habillaient les va-nu-pieds et les bonnes et valets louaient leurs services à ceux qui n'avaient rien. Dans toutes les villes, des hommes et des femmes suivaient ce schéma qui semblait fonctionner, chacun mettant ses compétences au service d'un pays plus gai et par conséquent, plus productif. Tout n'était pas parfait et les démarches prenaient parfois l'allure d'un joyeux bordel mais il s'agissait des premiers pas d'un nouveau monde. Il fallait donc être indulgent. Cela n'allait pas se faire du jour au lendemain.

***

Un jour, Irma, se sentant assez forte pour quitter sa tribu d'adoption, décida de prendre le large. Après une jolie cérémonie d'adieux organisée pour l'occasion par ceux qui l'avaient hébergée durant de nombreux mois, la femme quitta le camp et se dirigea vers la plage. Elle se servit alors de tout ce qu'elle avait appris pour se construire un abri et survivre au bord de l'eau, le temps de se fabriquer un radeau. Quelques semaines plus tard, son navire de fortune était prêt à l'emploi.

Toujours habillée de peaux et de plumes, Irma chargea celui-ci de quelques vivres et le mit à l'eau. Sans aucune notion du lieu où elle se trouvait ni de l'endroit où elle devait se rendre, elle avança au gré des vagues et du courant en plein océan. Plusieurs jours passèrent et l'ancienne reine commença à faiblir. Pour la deuxième fois de sa vie, Irma se trouvait seule face au reste du monde. Mais cette fois, dans son cœur comme dans sa tête, elle se disait qu'elle pouvait mourir tranquille car elle avait tant appris. Les yeux fermés, allongée sur les troncs d'arbres assemblés par des lianes, elle repensait à tous ceux qu'elle avait humiliés. Tous ceux qui l'avaient crainte. Elle se sentait honteuse d'avoir tant abusé des autres. Honteuse d'avoir été une incapable depuis sa naissance. Comment avait-elle pu traiter de cette manière ces gens sans qui elle ne pouvait survivre ? À son retour, c'était sûr, elle offrirait son temps à un maximum d'individus et mettrait son propre confort au second plan. Il lui fallait se racheter. Il lui fallait revoir sa vision du pouvoir. Mais se ferait-elle accepter parmi les siens après tant de cruauté ? Allait-elle seulement pouvoir rentrer ?

Ce fut un pêcheur qui la repéra depuis son chalutier.

Affalée sur son radeau, Irma ressemblait à un poisson prêt à se noyer dans l'air. Après un séjour à l'hôpital où elle répéta sans relâche aux infirmières qu'elle était la reine et qu'elle avait survécu au crash aérien, elle fut transférée dans un hôpital psychiatrique. Personne ne la crut. Et ceux qui semblaient la reconnaître ne voulaient certainement pas admettre le retour de cette reine dictatrice. Après avoir déclaré devant un psychologue qu'elle avait effectivement déliré et qu'elle n'était pas du tout celle qu'elle avait prétendu être, Irma sortit de l'institut. Bien consciente de son passé et de son histoire, elle se rendit directement dans l'un de ses châteaux. Non pas pour reprendre sa place de reine, mais pour offrir ses loyaux services à ce système nouvellement mis en place. Sous une fausse identité, elle participa anonymement à la création d'un tout nouvel empire : celui de la collectivité.

CHAPITRE 5

Puissance et guerre

— Fin ! souffla Rami.
Pendant sa lecture, l'instituteur avait failli s'étrangler plusieurs reprises et les multiples interruptions de ses élèves l'avaient fatigué. D'autant qu'ils n'avaient pas été tendres à son égard. Lorsqu'il arriva à la conclusion du récit, il se jeta sur son verre d'eau. Ce chapitre représentait de loin le plus cher aux yeux de Rami et faire passer le bon message auprès de ses élèves n'était pas une mince affaire.
— Moi je dis qu'Irma, c'était une méchante reine et puis c'est tout ! fit Justine, assise à sa gauche.
Cédric s'exaspéra :
— Mais non elle est devenue gentille ! T'as rien suivi ou quoi ?
Les enfants reprirent de plus belle leurs querelles candides sur le sort d'Irma, certains l'excusant pour son autoritarisme, d'autres la jugeant sévèrement. Sous la superficielle naïveté des remarques des élèves, de profonds questionnements sur les bienfaits du pouvoir étaient en fait soulevés. Profitant du chahut général pour jeter un œil à ses fiches, Rami s'enferma un instant dans ses pensées. Le programme de l'année suscitait des débats inédits au sein de sa classe.
Contrairement à ce qu'avait prévu la majorité des adultes de la planète au moment du référendum, le vif intérêt que portaient les

enfants sur ces récits ressemblait plus à de l'attrait qu'à du dégoût. Pourtant, il était bien question d'embarrassants échecs, et non d'illustres découvertes. Comme si tout cela n'était qu'un jeu. L'argent, des pièces en chocolat et le pouvoir, une reine sur un échiquier.

— Irma n'était ni méchante ni gentille, s'interposa finalement Rami entre les deux clans d'élèves qui s'étaient formés. Elle s'est juste rendu compte que les capacités intellectuelles et physiques étaient plus importantes qu'une couronne de diamants.

— Qu'est-il arrivé au peuple de la reine après ça ? Y a-t-il eu une autre reine ? demanda Babeth, une grande rouquine.

— Non, il n'y en a pas eu d'autres. La chute d'Irma, c'est justement le point de départ du déclin de la monarchie, et par conséquent le début de la chute du pouvoir sous toutes ses formes. Mais cela a pris des siècles et des siècles et il y a eu plusieurs fois des retours à la hiérarchie.

Rami semblait mal à l'aise. Comme s'il récitait son cours sans réelle conviction. Il expliqua alors en détail les différentes étapes de la disparition du système pyramidal. Puis, il raconta comment ce régime sans chef avait donné lieu à de nombreuses révoltes dans les pays alentours. Face aux regards pensifs de ses élèves, Rami se rendit compte que c'était le terme « pays » qui bloquait leur compréhension. Il avait pourtant déjà mentionné ce mot à plusieurs reprises mais même d'après le contexte des récits, cette formule restait trop complexe. Les enfants semblaient encore dans le flou. En effet, à leur époque, la Terre n'était plus divisée en territoires clairement nommés. Il fallait donc préciser aux élèves qu'il fut un temps ou les peuples étaient séparés par des lignes invisibles qu'on appelait frontières. Mais il reporta la leçon sur ce vaste sujet à plus tard, préférant revenir pour l'instant au pouvoir.

Il se leva, sortit de la salle de classe et revint avec une couronne. L'objet rouillé semblait très ancien. Toutefois, les diamants qui décoraient le bijou de tête semblaient briller comme au premier jour. Le bleu, le rouge et le vert étincelaient. Lorsque Rami posa l'immense joyau sur le pupitre, le bruit résonna dans la salle arrondie et laissa les enfants sans voix. Même oxydée par le temps, la couronne d'Irma imposait le silence.

Animé par sa passion pour l'Histoire, l'instituteur en profita pour raconter les différents changements de constitution, de gouvernements, de puissances et de républiques. De nombreux évènements s'étaient enchaînés depuis la disparition d'Irma et avaient donné lieu à ce qu'ils connaissaient aujourd'hui : un système sans supérieur hiérarchique. Sans patron. Sans roi. Lui-même n'était pas maître d'école, comme on aurait pu le nommer dans les années 2000. Il était loin le temps des punitions, des vouvoiements des élèves aux professeurs, des notes et des diplômes. Il n'était plus question de monter dans les échelons ni de se comparer aux autres. Il était uniquement demandé de progresser personnellement. D'évoluer dans son for intérieur. L'instituteur n'était là que pour transmettre son savoir, dans le respect de ses élèves et de leurs individualités. Le professeur ne constituait que la béquille sur laquelle s'appuyer pour acquérir toujours plus de connaissances et de compétences.

Si la plupart des élèves suivaient studieusement la leçon de leur instituteur, quelques-uns faisaient exception. Comme hypnotisés par la couronne royale, Léo, Capucine, Cédric et Jacobine avaient les yeux rivés sur le joyau rouillé. Rami interrompit son chapitre sur la décapitation du roi Balthazarino pour sortir les quatre petites têtes de leurs rêveries.

— La télékinésie, c'est un mythe les enfants.

Personne ne réagit. Rami claqua des doigts devant leurs visages inanimés.

— Eh oh ! Il y a quelqu'un ? Si vous voulez toucher la couronne d'Irma, il suffit de me le demander. Vous n'arriverez pas à l'attirer vers vous par la force du regard !

— C'est la véritable couronne de la reine Irma ? s'écria Cédric, comme subitement échappé d'un mauvais rêve.

— Tout à fait, répondit calmement Rami en soulevant le lourd joyau de diamants.

Il tendit l'objet à qui voulait bien l'attraper le premier. Tous les enfants s'attroupèrent aussitôt devant la couronne et Léo fut le plus rapide. Mais le poids du métal l'empêcha de la garder pour lui trop longtemps. Rapidement, il la fit passer à ses voisins. L'instituteur s'accorda une pause et laissa ses élèves s'amuser durant une petite demi-heure. La plupart voulait évidemment devenir roi ou reine. Ceux qui n'avaient pas cette chance – il n'y avait qu'une seule couronne – étaient relégués au rang de serviteurs. Étrangement, une minorité, composée d'Alma, Justine et quelques autres, jouait le rôle de fervents défenseurs de la démocratie. De l'extérieur, la scène était désopilante. Chacun leur tour, les enfants qui devenaient rois se postaient debout sur une chaise et la couronne, trop large pour tenir sur leur tête, entourait alors misérablement leur cou. Une quinzaine d'enfants faisait semblant de dépoussiérer les chaussures ou de tenir la traîne de l'heureux élu. En face, un petit groupe scandait des slogans anarchistes allant du « vive les sans couronne » au « ni roi ni loi ».

Rami assistait au jeu des enfants comme s'il s'agissait d'une pièce de théâtre historique. La mise en scène improvisée par les élèves illustrait à merveille de nombreux passages de l'Histoire. Étonnement, ces enfants d'un monde pourtant anti-monarchique au possible avaient naturellement saisi les clés d'un système banni depuis des lustres.

À vrai dire, en l'an 3000, malgré un contexte social qui était tout sauf axé sur la domination de certains individus sur d'autres, il y avait, à titre individuel, des contre-exemples. Des petites guéguerres basées sur la domination. Les plus forts contre les plus faibles. Mais chez les enfants, cela restait toujours sur le ton du jeu. C'était un besoin naturel de tester sa force ou son ascendant sur autrui. Cela restait ludique. Dans cette société, si les humains avaient par rapport aux autres animaux une capacité de réflexion plus développée, une possibilité de faire des choix constructifs et réfléchis, alors il fallait prendre le dessus sur ses instincts primaires. Ce monde était guidé par l'altruisme. Les seules limites étaient dictées par celles du bonheur des autres. On avait le droit de tout faire, à partir du moment où cela n'allait pas à l'encontre de la volonté de son entourage. On pouvait donc agrandir son territoire, écouter de la musique, marcher sur les pelouses, courir tout nu, grimper aux arbres : tout, absolument tout, tant que cela n'affectait pas la liberté d'autrui.

Si les peuples de cette époque utopique paraissaient si pacifistes, ce n'était pas uniquement grâce à ce principe d'altruisme. C'eût été trop simple. Trop idéal. Si les peuples ne se faisaient pas la guerre, c'était parce qu'ils avaient eu un sérieux coup de pouce. Ils ne pouvaient pas tuer. Les armes à feu, lorsqu'elles existaient encore, ne fonctionnaient plus. Elles avaient été mises hors d'état de nuire par des êtres aux capacités extraordinaires. Mais cela remontait à plusieurs siècles en arrière. Tellement longtemps que plus personne ne savait ce qu'était une arme. Le couteau était d'ailleurs uniquement considéré comme un outil. Rami, qui, lui, était au courant, s'apprêtait à révéler aux enfants ce secret bien gardé. Comment ces élèves si innocents allaient-ils comprendre que durant des siècles, ôter la vie des autres était possible ? Qu'il y avait une époque où la guerre était le quotidien d'un nombre considérable de personnes sur cette Terre ?

L'instituteur amorça le chapitre sur la guerre en parlant de la mort. Ce qui était, finalement, le point de mire. Il n'y avait eu en effet dans l'Histoire aucune guerre sans mort. Bien que les gouvernements eussent toujours revendiqué la « protection des peuples » ou l'« assistance internationale » lorsqu'il s'agissait d'envoyer des troupes armées sur des terres en conflit. En l'an 3000, la guerre n'existait plus. Les meurtres non plus. Depuis que les armes n'étaient plus utilisées, il n'y avait eu que des querelles, parfois compliquées, mais qui se dénouaient toujours par le dialogue. De toute façon, sans argent, ni pouvoir, ni frontières, ni religion, il restait très peu de raisons de faire la guerre. Peut-être parce qu'on prenait davantage soin de soi, parce qu'on était plus heureux, ou parce que tuer n'était pas dans les mœurs, toujours est-il qu'on vivait plus longtemps. Étonnamment longtemps. Longtemps sur un plan historique. Intérieurement, chacun voyait sa vie défiler à toute vitesse. Car comme tout le monde pouvait aisément le constater, la joie était à coup sûr le transport en commun le plus rapide. C'était l'ennui qui rendait le temps long.

— Savez-vous de quoi on peut mourir ? demanda d'abord Rami à ses élèves un matin.
— De vieillesse ! lança Capucine.
— De maladie ! suivit Paul.
— Euh... On peut mourir de peur ? hésita Léo.
— C'est vrai aujourd'hui, répondit calmement Rami. Il y a bien longtemps, toutes les réponses que vous m'avez données, surtout la première, ne représentaient qu'une minorité. Avant, on mourait surtout pour une tout autre raison.

Un frisson traversa la salle de classe.

— Dans les années 2200, continua l'instituteur, si on décédait, c'était principalement à cause de deux choses : la pollution et les armes à feu.

« Pollution » et « armes à feu » étant deux termes totalement inconnus dans le vocabulaire de ces jeunes Terriens, Rami se lança dans une série d'explications. Il commença par les armes. Les enfants furent évidemment choqués d'apprendre qu'un seul objet pouvait au mieux blesser quelqu'un, au pire, faire exploser la planète. Il expliqua le rôle de l'armée, des militaires, des chars et des bombes nucléaires. Il raconta que pendant des siècles, les policiers se baladaient armés et qu'ils pouvaient tirer dès qu'une menace se présentait. Rami s'attarda également sur la colonisation, la conquête des territoires, les génocides, les attentats. Toutes ces prouesses humaines qui avaient décimé tant de familles et de peuples. Puis il enchaîna sur la pollution. Non, la couleur verte n'avait pas toujours prédominé. Du moins, pas le vert de la végétation. La teinte verdâtre des déchets radioactifs avait, c'est vrai, pris le dessus pendant quelques années, à l'apogée de l'activité des centrales nucléaires. Mais le mauvais traitement de la Terre avait surtout apporté de la grisaille et des décès. Résumées de cette manière, la pollution et les armes avaient eu les mêmes conséquences. Rami décrivit ensuite les différentes façons de polluer. La méthode visible et la méthode invisible. La deuxième catégorie étant généralement la plus dangereuse pour les êtres vivants. Il expliqua à quel point les pesticides, les matériaux, le pétrole, les gaz et les produits chimiques avaient détruit la planète. Il insista également sur cette autre forme de pollution qu'avaient représentée durant de longs siècles les médicaments. Aussi incroyable que cela pût paraître aux yeux de ces enfants du futur, les plantes médicinales avaient longtemps été oubliées. Les produits de synthèse avaient remplacé les antidotes naturels et sans danger au détriment des êtres vivants du monde entier. Rami dut répéter à trois reprises que les humains avaient longtemps ingurgité des produits dangereux de leur plein gré pour qu'enfin tous les enfants le crussent. Enfin, presque tous. Babeth, elle, resta sur ses positions.

— Pas possible, conclut-elle.

— Que vous me croyiez ou non, dit Rami, la pollution avait tout contaminé. Il a d'ailleurs fallu une aide extérieure pour éviter que la Terre ne soit totalement détruite.

— Encore une fois, les humains ne pouvaient pas se débrouiller tout seuls, il leur fallait une aide extérieure ! s'exclama Alma.

— C'était quand même pas des lumières, il faut bien le dire, ricana Cédric.

— En gros, c'est les poules qui leur ont expliqué comment survivre sans produit chimique ni voiture ! Les pauvres choux ! s'exclama Oscar, faisant monter un peu plus le mépris général contre les humains de l'Ancien Monde.

— Comme le coup des trottoirs ! lança Léo.

Les élèves se moquaient tellement de leurs ancêtres que leur instituteur, fatigué, décida de leur lire un troisième récit. Il s'agissait d'un texte abordant à la fois la pollution, les armes et la colonisation, ce qui permettrait peut-être de calmer les ardeurs des écoliers. Il s'agissait de sujets graves et les petits avaient tendance à oublier que la paix n'avait pas toujours été aussi évidente.

CHAPITRE 6

Une conquête extraordinaire

C'était scientifiquement prouvé : les extraterrestres existaient, et ils n'avaient pas l'intention de rigoler.

Ils habitaient sur la planète Futon, à quelques années-lumière de la Terre et n'allaient pas tarder à nous attaquer.

Cela relevait de calculs mathématico-météo-astro-géotechniques et il n'était donc pas question d'en douter. La menace d'une conquête extraterrestre pesait au-dessus de chaque tête et chaque jour passé à ne rien faire était un pas de plus vers la fin du monde. Il fallait agir. Et vite. D'abord pour rassurer les Terriens terrifiés, mais surtout, tant qu'à faire, pour conquérir Futon. Car en ce temps-là, une planète de rechange n'était pas du luxe. C'était d'ailleurs une chance inestimable à saisir par tous les moyens, même les plus fourbes. Il y avait là une question de vie ou de mort. La Terre vivait en effet la période la plus tragique de toute son histoire. Plus tragique encore que toutes les guerres réunies. Les siècles passés, surtout le dernier, avaient réduit la valeur de la Terre à celle d'une misérable crotte de chat. Mais au-dessus de la Terre, les mouches ne volaient pas. Non. Pour la simple et bonne raison que les mouches n'existaient plus. Les seules espèces animales encore recensées étaient maintenues dans des élevages industriels pour être mangées. Les chiens et les chats existaient toujours, c'est vrai, mais il était difficile de les considérer encore comme des animaux à part entière. Le peu qui avait survécu aux catastrophes passées vivait dans des cages médicalisées et s'apparentait désormais à des races mutantes, dégénérées ou radioactives. Dans les fleuves presque asséchés coulait de l'eau brunâtre tandis que celle des mers était douce et verdâtre. Faute d'eau potable, les robinets distribuaient un liquide d'un jaune fluo à en faire pâlir le soleil. Alors pour s'hydrater correctement, les hommes devaient revendre leurs biens les plus précieux pour pouvoir s'acheter des systèmes de filtration suffisamment puissants. Sans insecte pollinisateur ni ver de terre, les humains avaient dû construire de petits robots capables de faire un travail équivalent dans les serres de fruits et légumes génétiquement modifiés. Car plus aucun fruit ni légume ne poussait à ciel ouvert. Douze catastrophes nucléaires furent nécessaires pour convaincre les gouvernements de remplacer leurs centrales par des champs d'éoliennes. Mais les conséquences d'un tel retard furent désastreuses et irrattrapables, la Terre étant irradiée de part en part. Elle clignotait, même, parfois, par temps orageux. Les déchets nucléaires enfouis depuis des centaines d'années ressortaient du sol dès qu'on creusait une piscine. Ce qui, par manque d'eau, n'était de toute façon réservé qu'aux milliardaires. Et quand un séisme avait lieu, autant dire un jour sur deux, la terre vomissait des bidons jaunes de plutonium. Quant au climat, son dérèglement était tel qu'il était divisé en deux saisons, quel que fût le pays concerné. La Canicule, propulsant le mercure à 60 degrés Celsius de décembre à juin, et la Froidure, dont la courbe des températures tombait à -30 degrés l'autre partie de l'année. Les changements de climat étaient si brusques qu'il valait mieux ne pas faire du topless un 30 juin. Ou du ski un 30 novembre. Le choc en serait fatal.

Une seule de ces multiples constatations dramatiques sur l'état de santé de la Terre suffisait à faire admettre qu'une planète de rechange était une solution inespérée.

Lorsqu'ils découvrirent ensemble la preuve de l'existence des extraterrestres, l'idée de conquérir Futon sonna donc comme une évidence dans l'esprit des chefs d'État. La fameuse photo, prise par le satellite F-200 deux jours plus tôt, leur fut projetée sur grand écran. On y voyait quatre soucoupes volantes flottant au-dessus de la planète pourpre, dont les capacités d'abriter des êtres vivants avaient déjà été démontrées à de nombreuses reprises. Si la vie était possible ailleurs, il fallait s'y rendre.

Dans le gigantesque auditorium du Quartier Général des Élites, bâti dès que la longévité de la Terre avait pour la première fois été remise en question une cinquantaine d'années auparavant, les esprits s'échauffaient. Cette conquête était la solution miracle pour préserver sereinement leur patrimoine et leur pouvoir malgré la destruction de la Terre. Si l'objectif de coloniser Futon était partagé par tous et sans conteste, le problème était de savoir comment voler une planète à sa population sans choquer l'opinion publique. En fait, cette question fut uniquement posée pour la forme. Imbattable sur le plan du mensonge et de la manipulation, les dirigeants du monde n'eurent besoin que d'une seule intervention pour régler définitivement ce détail.

— Nous sommes tous d'accord pour dire que les Futoniens sont dangereux et qu'il faut donc les attaquer avant qu'ils ne le fassent. Nous les coloniserons sous le prétexte de la légitime-défense, lança finalement l'un des rois de l'assemblée.

— Évidemment, répondit un président, bientôt suivi par un brouhaha d'approbations.

Tandis que tous prenaient note de cette conclusion expéditive et unanime, le chef de l'agence spatiale internationale fronça les sourcils et alluma son micro.

— Ingénieux, admit-il. Mais comment allez-vous définir les Futoniens comme « dangereux » auprès du peuple alors que cette photographie de soucoupes volantes est le seul élément que vous avez à charge contre eux ? Nous ne savons même pas à quoi ils ressemblent !

— Vous avez bien un autre cliché sous le coude, lui rétorqua un chef d'État depuis le fond de l'auditoire.

— Oui mais il n'a rien de...

— Montrez-le nous ! cria un autre dirigeant.

Sur l'image projetée au mur, on pouvait voir la surface violette et grumeleuse de Futon. Rien d'autre. À la demande générale, l'homme agrandit la photo de nombreuses fois, laissant alors percevoir au milieu de la photographie pixélisée une tache sombre ressemblant vaguement à une silhouette. Le patron de l'agence spatiale, gêné, reprit la parole.

— À vrai, dire, il se pourrait qu'il ne s'agisse que de l'ombre d'une autre planète...

— Ça fera l'affaire ! s'écria hystériquement un chef d'État, dont le pays était l'un des plus touchés par la pollution terrestre.

— Oui, renchérit un jeune président en se levant de sa chaise, estompez un peu les bordures de la forme sombre, étirez un peu par-là, faites deux légères fentes au milieu...

Une fois retravaillée, l'image défendait parfaitement les intérêts gouvernementaux. Disons qu'avec un peu d'imagination et de bonne volonté, on pouvait y voir une effrayante silhouette filiforme dont l'un des bras semblait brandir une arme. D'un point de vue purement objectif, on voyait ni plus ni moins une ombre allongée. Rien qui ne pût paraître suspect. Mais associée à la fameuse photo des soucoupes volantes, cette image suffisait à justifier absolument toute attaque anti-futonienne. Ajoutez à cela deux ou trois analyses ultra-anxiogènes et bien ficelées de la part de spécialistes de haute renommée, relayées par la presse dans le monde entier, et le tour serait joué.

Chose dite, chose faite : il ne fallut pas plus de quelques semaines pour que tous les humains se montrassent unanimement favorables à l'idée d'aller voler une planète inexplorée à un peuple qui n'avait finalement rien demandé.

***

Cela faisait maintenant huit ans que l'on considérait tous les moyens possibles pour se rendre sur Futon. Huit ans que l'on étudiait les comportements à adopter face à une espèce évoluée et étrangère. Fait indiscutable aux yeux du monde terrestre : les Futoniens seraient à l'image de l'Homme. L'être humain était l'espèce la plus intelligente de la Terre, c'était un fait. Le Futonien étant, comme son nom l'indiquait, l'être prédominant sur Futon, et donc le plus malin, Terriens et Futoniens se ressembleraient inévitablement. Les extraterrestres avaient donc forcément deux bras, deux jambes, deux yeux et plusieurs armées. On l'avait suffisamment vu au travers des signes qu'ils nous laissaient ici et là. Dans les dessins cachés sur nos monuments historiques, dans la forme des nuages et même dans les messages subliminaux des films de science-fiction. Quatre militaires-astronautes engagés suite à des tests psychologiques avaient donc été spécialement entraînés pour se battre contre ces vilains hommes verts. Car oui, ils seraient verts. Pour l'occasion, un groupe de psycho-sociologues recrutés par les États avait mis au point un langage du corps universel afin de communiquer avec les Futoniens sans le moindre malentendu. Des armes ultra-puissantes avaient été conçues dans le but de pouvoir contrer tout type de frappe. Même à quatre, les voyageurs du ciel pourraient ainsi combattre une population entière.

Les hommes choisis pour l'opération étaient perçus comme les héros de l'humanité. Ils allaient tous nous sauver, mais surtout, ils allaient enfin tuer ceux qui osaient nous égaler. Nous, race supérieure sur la Terre, allions pouvoir rester ainsi pour l'éternité, malgré la menace venue d'ailleurs. En prime, on allait bénéficier d'une seconde planète où l'air serait plus pur et la vie plus sûre.

Le décompte avant le jour du grand départ vers Futon avait tenu en haleine les hommes de toute la surface du globe année après année. Les derniers mois avant le décollage, les informations se transformaient sur internet comme au jeu du téléphone arabe. De fausses images de Futoniens circulaient, montrant des personnages de plus en plus hargneux et affreux. En quelques mois, on était passé d'humanoïdes verts plutôt vilains à de grands aliens hérissés de pics et de casques de guerre. Leurs dents étaient pointues, leurs yeux rouges et leurs griffes, acérées. Des tas de films en avaient fait leur sujet phare, alimentant ainsi la psychose ambiante et l'envie de meurtre générale. Il y avait dans l'atmosphère un vent de vengeance pour une attaque qui n'avait pourtant eu lieu que dans les fantasmes et les cauchemars.

La page du calendrier affichait la date du 15 novembre 2228, le jour de guerre tant redouté. Si la bataille n'était pas vraiment prévue pour tout de suite, le décollage de la fusée militaire constituait déjà un évènement de la plus haute importance. Les astronautes-soldats, excités, étaient manifestement prêts à en découdre. Acclamés par la foule, bénis par le Pape et décorés par leurs présidents respectifs, ils franchirent le perron de la fusée FT-2200 à pas fiers. Les portes se refermèrent en un claquement impressionnant, puis l'engin fut propulsé dans les airs dans un nuage de fumée blanche. Des milliards de postes de télévision s'allumèrent au même instant et des trillions de pop-corn furent engloutis au même moment, tandis que l'événement médiatique du siècle était sur le point de se produire.

***

Le voyage fut long. Très long. Il fallut quatre ans à la fusée pour qu'elle atteignît enfin la planète pourpre.
Durant le vol, les soldats eurent le temps de s'imaginer les pires choses comme les meilleures. Les pires étant de tomber sur plus armés

qu'eux, les meilleures, d'en finir le plus rapidement possible avec ces nuisibles. Oui, les théories hasardeuses et les hypothèses farfelues allaient bon train. Car malgré les années d'entraînement militaire et de formation psychologique, aucun des astronautes n'avait finalement vu les Futoniens tels qu'ils étaient réellement. Personne au monde n'avait d'ailleurs eu cette chance. Même la célèbre photo les représentant, n'était, disons-le clairement, qu'une ombre floue et trafiquée. La marge de manœuvre s'avérait donc large, et les façons d'aborder les extraterrestres, variées. Pour les astronautes, tout serait question de réflexe et d'adaptation. Après quatre années de discussion en vase clos, dans une fusée où l'odeur semblait provenir d'un mammouth nauséeux, les voyageurs du ciel avaient finalement réussi à se mettre d'accord sur un point : il serait question d'appuyer sur la gâchette coûte que coûte et hâtivement. Réfléchir ne serivrait à rien d'autre que de perdre du temps ou pire : la vie. Pour ne faire qu'accentuer les humeurs meurtrières, les aliments déshydratés gobés quotidiennement dans l'apesanteur en guise de repas n'avaient fait qu'affamer davantage les militaires en quête de saveur. Au vu de leur comportement, c'était clair : la faim pouvait changer un homme. Les soldats de l'espace avaient développé d'inquiétantes envies de viande et de sang. Un bon steak de Futonien grillé à la poêle était d'ailleurs devenu un fantasme qu'ils se promettaient de réaliser une fois le massacre terminé.

La planète pourpre faisait la taille d'une bille dans le hublot principal. Mais cette bille faisait froid dans le dos. Chacun des quatre astronautes avala une pilule à la fois déstressante et énergisante, pour ne pas tomber dans les pommes lorsqu'ils se tiendraient devant l'ennemi. La confiance avait définitivement fait place à la peur dans le cœur des guerriers. Mais la témérité était plus que jamais ancrée dans leurs tripes.

***

Si Futon ressemblait à une bille vue de la fusée, cette dernière évoquait plutôt un suppositoire depuis Futon. Les habitants de la planète pourpre, qui devaient manifestement avoir recours à ce genre de médicament pourtant archaïque, à moins qu'ils n'en eussent simplement entendu parler, s'en amusèrent à la vue de l'engin qui débarquait péniblement sur leur planète. Bien d'autres commentaires non moins persifleurs s'ensuivirent.

— Ah ça y est, ils se sont décidés à venir nous voir ? lança le plus petit d'entre eux, dans un langage rythmé de « bip » et de « blop ».

— À cette allure, ils auront eu le temps de mourir trois fois de faim avant d'affutoner ! fit un second extraterrestre.

— Ah ces humains, toujours aussi pressés quand il s'agit de s'ouvrir au reste du monde! rétorqua le premier.

Tous se mirent à rire à l'unisson, ce qui, d'une oreille extérieure, sonnait comme un long larsen harmonieux.

***

Les humains, eux, ne riaient pas. En tout cas, pas ceux qui se trouvaient dans la fusée. Tremblants, ils gardaient un œil braqué sur le hublot tandis qu'ils ajustaient leurs casques, fusils interstellaires et autres accessoires, répétant ainsi pour la quatre centième fois les gestes qu'ils avaient tant appris. Ce jour-là, il ne s'agissait plus d'un coup d'essai mais de leur véritable prestation. Ce qui leur avait toujours semblé irréel et lointain n'était désormais qu'à quelques kilomètres de se produire. C'était le moment qui allait enfin mettre d'accord toutes les thèses les plus saugrenues. Les Futoniens allaient-ils être aussi agressifs qu'ils l'imaginaient ? Mesureraient-ils trois mètres de haut ? Seraient-ils capables de comprendre le langage universel que les plus grands professeurs leur avaient enseigné ? Auraient-ils un visage effrayant ?

À mesure que la navette s'approchait de Futon, les questions s'accumulaient et les détails de la planète s'éclaircissaient. Le globe pourpre, qui semblait de loin être recouvert de reliefs réguliers, était en fait parsemé de petites boules éparpillées. Plus la fusée s'approchait et plus ces boules ressemblaient à des bulles gélatineuses et flottantes. La fusée atterrit au hasard, faisant valser de parts et autres les boulettes violettes. Aucune âme extraterrestre à l'horizon. Mais les militaires ne réfléchirent pas plus longtemps. Comme prévu, ils déclenchèrent l'ouverture du capot avant, pointèrent leurs armes gigantesques sur ce qu'ils voyaient bouger et tirèrent. Certaines balles virevoltèrent dans l'air, tandis que d'autres plongèrent à l'intérieur des bulles visqueuses qui entouraient la fusée, marquant alors un temps d'arrêt dans leur course effrénée avant d'être projetées en pluie fine vers les tireurs. Les soldats, surpris par le revers de leurs coups de feu se cachèrent lamentablement les uns derrière les autres, comptant sur leurs combinaisons incassables dont ils étaient vêtus pour se protéger. Mais les balles, à leur contact, se désintégrèrent. Les tirs suivants se produisirent de la même façon, se réverbérant dans les boules gélatineuses et s'éteignant silencieusement sur les scaphandres des militaires impuissants. Les humains répétèrent les mêmes gestes pendant plus d'une dizaine de minutes avant de comprendre que leurs armes ne servaient à rien.

— Où sont ces foutus Futoniens ??? s'étrangla l'un d'eux, hors de lui.

Tous se regardèrent, perdus face au non-sens de la situation. Chaque militaire pointait nerveusement son arme dans une direction intuitive, prêt à tirer si un seul mouvement se faisait ressentir.

Soudain, les boulettes pourpres, qui ressemblaient à de vieux carambars plus ou moins mâchés, roulèrent, comme poussées par le vent, se rassemblèrent et formèrent une immense masse visqueuse. Les astronautes se regroupèrent de la même façon, faisant face aux boules qui n'étaient individuellement pas plus grosses que des ballons de basket, mais qui, collectivement, dépassaient largement un immeuble de cinq étages. Brusquement, dans un bruyant « BLOP », chaque boule laissa apparaître en son centre une sphère blanche, et au milieu de celle-ci, un point noir. Lorsque ces sphères clignèrent toutes simultanément, les Terriens comprirent qu'il s'agissait d'yeux. Les boulettes étaient donc vivantes.

— Bonjour, fit l'une d'elles, dans un stranglais bizarrement parfait.

Le stranglais était alors la langue internationale sur Terre, juste avant le gaziais.

L'un des soldats du ciel tira précipitamment sur la chose qui semblait avoir parlé. Mais la balle plongea, comme les fois précédentes, dans la masse violette et rebondit vers le tireur pour finalement se disperser en une poussière inoffensive. La boulette demeurait intacte.

Vexé, le militaire fut contraint de répondre :

— Bonjour...

— Nous sommes les Futoniens, firent en chœur les boules agglutinées.

Leur voix ne provenait pas d'une bouche, comme toutes les voix, mais d'un petit trou presque imperceptible situé au-dessus de leur unique œil.

Les humains restèrent muets. Rien de ce qui était prévu ne se passait. Et rien de ce qui se passait n'était prévu. Les extraterrestres étaient censés être à l'image de l'homme, tous les scientifiques le disaient depuis la nuit des temps. Tous les plus grands du cinéma mettaient en scène des extraterrestres verts ou, à la rigueur, gris, avec deux bras, deux jambes et un visage. Tous parlaient d'êtres méchants, violents et prêts à se battre. Les Futoniens étaient censés conquérir la Terre, pas réduire les balles en poudre !

— Nous devons vous tuer ! rugit l'un des soldats d'un air plaintif, mais agacé.

— Tuer ? Qu'est-ce que ce c'est que ça ? fit l'une des boules violettes.

Sa voisine de droite tourna sa pupille vers elle et lui répondit :

— Mais si, souviens-toi ce que Bolbi nous a expliqué : «Tuer, c'est le passe-temps favori des humains. Tuer, c'est enlever la vie d'un autre avant l'heure. Ceux qui ont beaucoup d'argent utilisent de gros objets qui tirent des balles de feu, ceux qui n'ont rien utilisent leurs mains. Généralement, les plus faibles et les plus colorés sont tués en premier. Tuer permet aux Terriens de se sentir plus forts et de faire taire ceux qui ne sont pas d'accord avec eux, surtout quand il s'agit d'argent, de religion ou de tout autre sujet sensible aux désaccords».

— Ah oui, je me souviens vaguement de ce passage, répondit la première boulette. C'est que c'est pas simple à étudier, le comportement des humains... Chers Terriens, renchérit-il à l'égard des astronautes ébahis par la conversation à laquelle ils venaient d'assister, je suis désolé de vous décevoir mais ici, il est impossible de tuer.

À ces mots, les conquérants se regardèrent abasourdis, avant de tirer à nouveau dans le tas de bulles visqueuses. Celles-ci fermèrent leurs yeux et attendirent que toutes les balles se fussent évaporées dans l'atmosphère de Futon pour les rouvrir.

— Vous voyez, fit Bolbi, la boule la plus grosse du tas d'extraterrestres. Tuer est impossible. Ici, il vous faudra discuter.

Les hommes, qui s'étaient entraînés en vue d'une bataille mythique et sanglante, devaient improviser une discussion avec des cyclopes gélatineux. Pour certains, ce constat d'échec fut bien dur à avaler. Il fallut attendre plusieurs minutes et quelques nouvelles tentatives laborieuses pour que tous les militaires abandonnassent enfin l'idée d'appuyer sur la gâchette. Ils s'assirent par terre. L'un d'eux s'écroula carrément sous le poids du dépit. Il tomba si violemment qu'au contact du sol, son casque se décrocha légèrement du reste de sa combinaison. Par réflexe, l'astronaute prit une grande inspiration d'air futonien, ce qu'il regretta aussitôt qu'il en prit conscience. Mais à sa plus grande surprise, il n'étouffa pas. Au contraire, l'atmosphère sembla non seulement oxygénée, mais pure. À chaque respiration, il y avait même un arrière-goût de menthe fraîche qui n'était clairement pas déplaisant. L'homme retira son casque et fut bientôt imité par le reste de l'équipage. Épuisés par la situation, et peut-être aussi par l'excellente qualité de l'air de Futon, qui réveillait au plus profond de leurs poumons des sensations oubliées, les humains s'avouèrent vaincus avant même d'articuler un mot.

— Vous ne savez pas discuter ? demanda sans arrière-pensée Bolbi.

Aucun homme n'eut la force de répondre.

— Sans arme et sans ennemi, vous vous sentez finalement aussi démunis que la lune lorsqu'elle s'éclipse derrière le Soleil, s'amusa la grande boule.

Les Futoniens émirent leur rire strident si caractéristique.

— Sauf qu'eux ne peuvent pas s'éclipser ! hurla une petite boulette en versant une larme amusée.

Dans le joyeux vacarme des Futoniens, une voix se démarqua par son sérieux. C'était celle de Blipa, une jolie bulle plus claire que les autres. Par souci de discrétion, celle-ci s'exprima dans sa langue natale.

— Mes chers amis, arrêtons de nous moquer. Ces pauvres humains en sont encore à l'ère de la violence, de la pollution, de l'argent et du pouvoir, ne l'oubliez pas. Soyez indulgents, il faut les guider.

— Crois-tu qu'ils ont les moyens de comprendre ? lui demanda Bolbi.

— Comprendre, je ne sais pas, mais entendre, c'est déjà ça.

La conversation entre les deux Futoniens sonnait, à l'oreille humaine, comme un dialogue en morse. Ou à des bruits de ventouse sur un carrelage mouillé. Ou encore au cri de la poule d'eau. C'était selon. En tout cas, le raffut que cela donnait n'était ni agréable ni décryptable. La gêne provoquée éveilla finalement l'attention des soldats pour leurs hôtes. Blipa profita de l'occasion pour s'adresser à eux de sa voix la plus suave, dans un stranglais irréprochable.

— Nous savions que vous alliez venir, dit-elle, l'œil grand ouvert. Nous vous avons longuement observés.

— Il faut dire que vous avez mis un sacré paquet de temps à débarquer, ne put s'empêcher de s'esclaffer Bibop, un Futonien maigrichon.

D'un regard, Blipa le fit taire. Elle se retourna vers les humains.

— Vous êtes un peuple au potentiel élevé. Mais vous exploitez vos failles au lieu d'améliorer vos forces. Siècle après siècle, vous avez empoisonné la terre sur laquelle vous marchez, l'air que vous respirez, les eaux que vous buvez. Vous avez massacré vos colocataires, je parle des animaux. Vous avez supprimé vos meilleurs remèdes, je parle des plantes. Et aujourd'hui, par vos erreurs du passé, vous tuez à petit feu vos semblables. Désormais, vous savez que votre planète est presque entièrement détruite. Alors, vous voulez en conquérir une autre. Mais au lieu de tirer les leçons de ce qui a entraîné la chute de la Terre, vous reproduisez vos déboires ailleurs. Et si vous aviez une troisième planète sous le coude, vous feriez de même, sans aucune culpabilité. Vous êtes venus pour éliminer un peuple et récupérer des espaces libres de toute pollution humaine pour y installer de nouvelles usines chimiques. À chaque peuple sa planète. Nul ne peut voler impunément celle d'un autre.

— Et si on cohabitait ? osa maladroitement demander l'un des astronautes.

Le calme, l'air pur et la douceur qui régnaient sur Futon avaient tout pour séduire les hommes. Encore plus s'il était impossible de tuer. Car après tout, les humains aspiraient à vivre en paix, eux aussi.

— Sur la Terre, nous suffoquons, geignit un autre soldat.

— Tout est pollué ! Et quand on ne meurt pas d'asphyxie, on croule sous les balles, renchérit un troisième.

— Faites-nous une petite place sur votre planète, nous ne vous dérangerons pas ! ajouta le dernier.

Les Futoniens se regardèrent brièvement avant de s'agglutiner synchroniquement en une immense masse sphérique. Comme s'ils avaient communiqué par télépathie. Cette énorme boule pourpre, formant une mini-planète à elle seule, se mit à émettre des « blip » et des « blop » étouffés. Il semblait s'agir d'une réunion futonienne de la plus haute importance.

Les humains en profitèrent pour observer silencieusement leur environnement. Le ciel rose laissait apparaître des milliers d'étoiles. Une légère brume violacée caressait la surface du globe. Au loin, des montagnes se dessinaient et des silhouettes paisibles se décrochaient de la pénombre. Sans doute des « colocataires » que les Futoniens avaient décidé d'épargner. En se retournant, l'un des militaires aperçut ce qui ressemblait aux soucoupes volantes de la célèbre photographie du satellite F-200. Celle qui avait fait tant couler d'encre. Cette image avait tellement marqué l'esprit des Terriens qu'il lui fut impossible de ne pas s'approcher pour observer de plus près les fameux vaisseaux. C'était comme si Mona Lisa en personne passait devant un admirateur de Léonard de Vinci. Ce dernier lui eût sans aucun doute couru après pour contempler son mystérieux sourire. De la même façon, l'astronaute, bientôt suivi par ses acolytes, marcha à grands pas vers les OVNI futoniens afin de percer à jour leurs secrets. Les navettes spatiales flottaient à quelques mètres de la surface du globe, sans un son. Il y en avait en fait une bonne centaine d'affilée. Arrivés à hauteur du premier vaisseau de la rangée, les Terriens, curieux, en firent le tour. De couleur grisâtre, la matière dans laquelle il était construit s'apparentait plus au gazeux qu'au solide, tant la lumière des étoiles semblait la traverser. On n'y voyait pourtant pas l'intérieur. C'était comme si une membrane fine entourait le tout. De l'autre côté de la soucoupe, à la stupéfaction générale, une large ouverture laissait apparaître un espace de vie cosy. En levant les yeux vers l'entrée béate, debout sur la pointe des pieds, les astronautes intéressés pouvaient voir dépasser des feuillages, de la mousse végétale et d'autres matériaux d'apparence confortable. Les soucoupes volantes n'étaient pas des OVNI guerriers, comme l'avaient immédiatement supposé les Terriens, mais des nids douillets. Des chambres à coucher flottantes dans l'air pur et violacé d'une planète pacifiste. Futon portait bien son nom.

Non loin de la file de nichoirs en lévitation, qui semblait s'étendre sur des kilomètres, un objet impressionnant capta soudain l'attention des quatre Terriens. C'était un arbre. Le plus âgé des astronautes en prit conscience en se rappelant du dernier hêtre abattu dans son quartier lorsqu'il était petit. Les générations suivantes avaient oublié à quoi ressemblaient les poumons de la Terre. Bien qu'aucun autre soldat ne sût ce qu'était un arbre, l'élégance et la prestance de celui qui se dressait devant eux ne purent qu'émouvoir le groupe. Alors que tous regardaient de leurs yeux brillants la plus haute des branches virevolter, une voix les ramena à la réalité.

— Humains ! Nous avons quelque chose à vous dire ! cria l'une des boulettes pourpres restées devant la fusée terrienne, à quelques dizaines de mètres de là.

Les hommes rejoignirent les Futoniens dispersés avant de s'asseoir sagement devant eux, tels des enfants devant leurs professeurs. Chacun avait depuis longtemps abandonné son arme sur le sol mauve de Futon.

Dans le silence de paix, Bolbi prit la parole.

— Après longue réflexion, nous, Futoniens, nous sommes dit que si voler une planète à une population n'était pas juste, la cohabitation n'était pour autant pas impossible. Après tout, l'espace appartient à tous les êtres qui le peuplent.

Les yeux des astronautes s'éclairèrent.

— Mais attention, continua Bolbi. Il ne serait pas question de détruire un deuxième écosystème. C'est pourquoi nous acceptons... Sous une condition.

— Tout ce que vous voudrez ! s'écrièrent en cœur les membres de l'équipage, trop heureux à l'idée d'emménager sur Futon.

Les cyclopes violets se regardèrent un moment avant de leur annoncer leur exigence. Blipa prit la parole.

— Il vous faudra d'abord réparer les dommages que vous, humains, avez causés à la Terre. Certains sont irrattrapables, certes, mais vous verrez que quelques inventions et changements de modes de vie suffiront pour faire à nouveau respirer les espèces qui l'occupent. Le plus difficile sera de s'y mettre.

— Mais... Le niveau de pollution est tel qu'il sera inenvisageable de sauver la Terre ! se lamenta l'un des militaires, tandis que les autres avaient les yeux grands ouverts.

— Rien n'est inenvisageable. Il suffit de regarder notre visage pour en être convaincu !

Les Futoniens blipèrent de rire. L'astronaute stranglais en profita pour formuler une question qui lui taraudait l'esprit.

— Pardon, messieurs les Futoniens, mais je me demandais...

— Messieurs-dames, rectifia Blipa.

— ... Pardon... Messieurs-dames les Futoniens, reprit l'homme après avoir jeté un coup d'œil dubitatif à cette soi-disant dame, mais je me demandais à quoi cela servirait de s'embêter à sauver une planète pour finalement la quitter.

Les boulettes blipèrent à nouveau, mais pas de rire. Cette fois, ils avaient l'air légèrement agacés.

— Déjà, parce que vous, humains, n'êtes pas les seuls à vivre sur votre planète, figurez-vous, répondit sur un ton sec Bloup, l'aîné des Futoniens. Vous avez souillé l'espace de toutes les autres espèces, bien avant le vôtre. Alors ce serait la moindre des choses de leur épargner de vivre dans vos ordures une fois que vous serez partis. Nous avons pu observer ce que vous avez fait subir aux animaux et végétaux depuis des siècles et c'est pas franchement joli joli... si vous voyez ce que je veux dire. Mais ne nous forcez pas à aborder ce sujet plus longuement car ce n'est ni le lieu ni le moment.

Bloup était rouge de colère, au sens propre. Sentant la tension monter, ce fut son collègue de gauche qui continua.

— Il y a une deuxième raison toute simple au fait de devoir dépolluer votre planète, fit-il. C'est facile de saccager la nature. Ça l'est bien moins de la reconstruire. Selon nous, vous ne prendrez réellement conscience de sa valeur qu'en mettant du cœur à la soigner. Il est certain qu'après avoir passé plusieurs générations à reconstruire votre environnement, vous réfléchirez à deux fois avant de détruire quoi que ce soit d'autre. Ainsi, Futon sera préservée.

— Plusieurs générations ?! s'écria l'astronaute mutanois. On sera morts bien avant de pouvoir venir vivre ici !

— Oui, bien avant, renchérit Bloup, dont la couleur était revenue à la normale, c'est-à-dire au violet. Pour nous, Futoniens, tous les êtres qui forment un peuple ne font qu'un, qu'ils soient passés, présents ou futurs. Vos enfants, petits-enfants ou même arrière-petits-enfants auront donc la chance de venir habiter avec nous sur Futon s'ils le souhaitent. Ils pourront venir vivre sur la planète pourpre grâce à votre travail de reconstruction. N'est-ce pas merveilleux ? N'est-ce pas là le plus beau des héritages ? Vous laisserez aux générations futures une planète propre, une éducation basée sur l'altruisme et un bon pour une vie sur Futon !

Les humains restèrent sans voix. Enfin presque. Disons qu'ils semblaient avoir accepté leur destinée. Ou qu'ils n'avaient pas le choix.

— Comment saurons-nous à quel moment la Terre sera suffisamment dépolluée pour que vous acceptiez nos enfants ? demanda l'homme le plus âgé, certainement sceptique à l'idée d'une future cohabitation.

— Oh, vous le saurez, répliqua Blipa. Blopi prit un ton solennel et annonça :

— Quand la première feuille virevoltera au gré du vent, quand l'eau ne servira plus de miroir mais de fenêtre sur le monde des poissons, quand la terre ne sera plus réduite à une poubelle radioactive mais à un labyrinthe de vers de terre, alors les humains pourront venir ici. Mais entre nous, lorsque ces éléments seront réunis sur Terre, les humains seront certainement beaucoup moins intéressés par Futon. Si cette hypothèse ne convainquit pas le moindre astronaute, la conclusion des Futoniens sur la question d'une cohabitation futo-terrienne avait tout l'air d'être ferme et définitive. Il ne restait donc rien à ajouter. Les Terriens reprirent leurs casques et leurs armes restés sur le sol avant de rejoindre tristement leur fusée. À l'idée de quitter l'air mentholé de Futon pour rejoindre les effluves toxiques de la planète bleue, les soldats avaient le mal de mer. Il était presque plus utile de porter un scaphandre sur Terre que sur Futon. Un comble.

Lorsque le dernier astronaute posa le pied sur la marche du vaisseau spatial, il buta sur quelque chose. Quelque chose de rond. Un Futonien. Au contact du pied humain sur son corps, tel un ballon de foot, la boule violette rebondit jusqu'à l'oreille du soldat et lui chuchota :

— Je vous ai donné un petit coup de pouce pour votre mission, vous verrez...

Et il virevolta au loin. L'homme n'y prêta pas plus attention, tant les réflexions se bousculaient déjà dans sa tête.

En silence, les quatre voyageurs de l'espace prirent place dans la fusée et lancèrent le décollage. À travers les hublots, ils regardèrent les sphères violettes rétrécir pour finalement former un sol grumeleux. Comme à leur arrivée. Cette fois, pourtant, Futon avait un goût de nostalgie et de paradis. Deux heures après avoir décollé, les astronautes daignèrent enfin prévenir la Terre. À contrecœur, ils contactèrent la station de contrôle où on ne tarda pas à répondre. Personne n'avait eu de nouvelles depuis que l'équipage avait atteint l'atmosphère futonienne. Ce n'était pourtant pas faute d'avoir essayé de les joindre. À vrai dire, aucun des quatre militaires n'avait eu envie de répondre malgré la sonnerie incessante de leur cockpit depuis leur affutonage. Les moments passés sur la planète violette étaient trop précieux pour ne pas en profiter pleinement. Et puis, qu'auraient-ils pu raconter de leur périple ? Entre la honte de n'avoir pu combattre les extraterrestres et la folie de retourner sur Terre seulement quelques heures après avoir achevé quatre ans de vol, le cœur des soldats du

ciel balançait. Lorsqu'ils composèrent le numéro de la station de contrôle, ils préférèrent ne pas trop réfléchir.
— Ici la Terre ! Tout va bien pour vous, Futon ?
— Oui... Nous avons lancé le décollage, nous nous dirigeons vers la Terre.
— Déjà ? Mais... Vous voulez dire que vous avez pu supprimer toute la population ?

La conversation fut longue et compliquée. Lorsqu'il apprit que les Futoniens, en pleine forme, avaient réussi à expulser les Terriens sans aucune arme, le responsable de la mission fut outré. Celui-ci était tellement furieux qu'il songea sérieusement à interrompre toute liaison, condamnant sa troupe à errer dans le cosmos pour l'éternité. Il lui suffirait pour cela d'appuyer sur un seul bouton. Quant aux familles, ce n'était pas un souci : il leur expliquerait que les Futoniens étaient une espèce décidément trop agressive et que la mort était malheureusement un des nombreux aléas du métier. Mais une mystérieuse force bienveillante empêcha le chef de commettre l'irréparable. Il continua donc à guider son équipe d'astronautes jusqu'à la Terre, tout en restant désormais convaincu qu'il avait affaire à de sombres lopettes manipulées par des boules violettes parlantes pour de stupides histoires d'écologie.

***

Huit années après leur grand départ pour Futon, les voyageurs de l'espace ne furent pas accueillis sur Terre avec autant d'enthousiasme. Si leurs proches étaient tout de même soulagés de les retrouver, le reste de la foule qui les attendait au spatioport avait plutôt envie de les insulter que de les embrasser. Un petit groupe à tendance violente s'était d'ailleurs organisé pour les recevoir à leur manière. Disséminés dans l'assemblée, ces hommes cagoulés attendaient le bon moment pour se faire entendre. Quant aux astronautes-militaires, ils ne faisaient pas les fiers. Loin d'eux le regret de ne pas avoir pu en finir avec les Futoniens. S'ils courbaient l'échine, c'était parce qu'ils savaient que le dialogue avec les Terriens allait être difficile. Surtout en matière d'écologie.

La gravité terrestre n'arrangeait pas les choses. Leur démarche était non seulement hésitante mais aussi chancelante.

L'astronaute digistanais s'avança lentement vers le micro. Dans la fusée, ses comparses et lui-même avaient convenu qu'il serait l'homme de la discussion, les autres tremblant à l'idée de devoir expliquer leur geste sans même pouvoir vraiment le comprendre eux-mêmes. La foule se tut et quelques larsens retentirent avant que l'homme en uniforme n'articulât les premiers mots de son discours.

— Mes chers amis. Non, nous n'avons pas éliminé les Futoniens. C'est vrai.

Quelques « ouuh » remontés se firent entendre dans l'assemblée.

— Mais sachez que notre voyage n'a pas été vain, continua-t-il. Au contraire : nous avons énormément appris de ces habitants extraterrestres. S'il vous plaît, ne les considérez pas comme des ennemis. Ces êtres sont non seulement bienveillants à notre égard, mais en plus ils sont largement plus évolués que nous.

Cette dernière phrase suscita à nouveau quelques vives protestations, ce qui poussa l'astronaute à parler plus fort.

— Oui, les Futoniens sont plus évolués que nous dans le sens où ils n'ont pas besoin d'armes ni de langage universel pour se faire entendre. Et surtout, ils ont su conserver une planète où l'atmosphère est plus pure que l'air de nos plus lointains souvenirs et où les plantes poussent à même le sol. Des animaux vivent en liberté, la terre ne tremble pas et les Futoniens ne connaissent pas la radioactivité !

L'homme parlait avec des étincelles dans les yeux, tandis qu'il se remémorait la beauté futonienne.

— Alors oui, ces extraterrestres n'ont qu'un œil, pas de bras et leur couleur est étrange. Qu'importe ! Ce qu'ils ont réalisé là-bas est magnifique... Il fait si bon vivre sur Futon que nous avons voulu y rester. Mais les Futoniens ne sont pas dupes, ils nous connaissent mieux que nous pensions les connaître. Ils savent que si nous débarquons sur leur planète, nous en ferons le même dépotoir qu'ici.

Si quelques visages semblaient intéressés par le discours de l'astronaute digistanais, la plupart montraient toujours autant de rage et d'incompréhension. Un brouhaha de commentaires accusateurs se faisait entendre en fond sonore. Mais l'orateur voulait aller jusqu'au bout, même si la partie n'était pas gagnée.

— Les Futoniens ont accepté que nous, Terriens, cohabitions avec eux à une seule condition : nous devrons d'abord remettre la terre d'aplomb. Nous devrons être solidaires. Ensemble, nous allons faire en sorte que l'eau redevienne transparente, que des arbres poussent dans notre sol et que l'air soit à nouveau respirable pour nos enfants. Ainsi, des générations futures auront la chance de retourner sur Futon.

— Foutaise ! hurla au loin une dame mécontente.
— Militaires, mon cul ! cria un homme.

Les insultes de ce genre s'enchaînèrent sous l'œil gêné du responsable de la mission qui commença à rejoindre ses quatre soldats pour les évacuer de l'estrade.

Un homme cagoulé, qui faisait vraisemblablement partie du cortège de manifestants violents, se faufila dans la foule jusqu'à l'avant de la scène. Sans qu'aucun vigile ne pût l'en empêcher, l'homme grimpa sur l'estrade et se retrouva face aux quatre astronautes. Subitement, il brandit un fusil de son sac et pointa l'arme sur eux.

— Bande d'incapables ! Vous n'avez pas su nous protéger de la menace extraterrestre ! Vous vous êtes fait manipuler par ces stupides aliens et maintenant vous nous demandez de sauver la Terre ! HONTE SUR VOUS ! hurla l'homme avant d'appuyer sur la détente.

À la vue de l'arme menaçante, chaque individu, du type à l'arrière de la foule au technicien en coulisse se couvrit les yeux, les oreilles ou la bouche. Mais aucune balle ne sortit du fusil. Au lieu de cela, une fleur d'un rouge flamboyant jaillit du canon.

Après quelques secondes de silence, tous regardèrent de plus près ce qui venait de se produire, soit à travers l'écran géant placé au-dessus de la scène, soit avec leurs propres yeux. L'assassin lui-même jeta un œil dubitatif vers la pointe de son fusil. C'était bien une fleur. Une tulipe, pour être précis. Il eut beau appuyer à plusieurs reprises sur la gâchette et changer son fusil d'épaule, rien d'autre que de la végétation ne jaillit de son arme.

Dans l'esprit des astronautes qui se regardèrent alors, un rictus au coin de la bouche, il y avait comme un air de déjà-vu.

Si tuer était impossible, on pourrait enfin discuter et rien, mais alors rien, ne serait inenvisageable.

CHAPITRE 7

Guerre et frontières

Pour une fois, les enfants n'avaient pas parlé de tout récit. Ils avaient tellement été pris dans l'histoire qu'ils n'avaient pas vu le temps passer. Comme tous
les enfants, même les plus pacifistes, la guerre était quand même ce qui les excitait le plus. À moins que ce ne fussent les extraterrestres, dans ce cas précis.

— On peut aller sur Futon ? implora Tom qui s'était retenu durant tout le récit.

— Futon ? demanda Léo qui s'était endormi sur son bureau.

— Oui, on a sauvé notre planète maintenant, on a fait ce qu'ils nous ont demandé ! dit Babeth, le sourire jusqu'aux oreilles et les yeux rivés vers le ciel, comme pour apercevoir la planète pourpre depuis l'école troglodyte.

— C'est justement parce qu'on a réussi à sauvegarder notre planète qu'on n'a plus besoin d'aller chercher une planète de rechange, expliqua Rami à ses élèves aux envies de voyage. Mais c'est surtout parce que des générations ont filé depuis ce temps. Les gens ont oublié. Ou plutôt n'ont pas été mis au courant.

L'instituteur venait de prononcer les six derniers mots sur un ton radicalement différent des précédents. Comme sorti de son rôle de professeur, son vrai visage avait tendance à apparaître au fil des leçons. Le fait d'exposer des sujets qui étaient longtemps restés tabous à voix haute, et plus seulement dans sa tête ou en famille faisait ressortir toute la rancœur de Rami. Il en voulait toujours à ceux qui avaient osé empêcher la révélation des origines de l'humanité. La Terre avait quand même failli être détruite, un peuple existait sur une autre planète : ce n'était pas des détails de l'Histoire ! Et le résultat était là : en un seul récit, dont la source était encore à vérifier, une quinzaine d'enfants rêvaient déjà d'exploration spatiale.

En bon professionnel, Rami renfila son costume d'instituteur. Il attrapa ses fiches puis inspira et expira avant de reprendre.

— Vous avez bien compris, sembla-t-il déchiffrer sur ses notes écrites, que la morale de l'histoire, c'est que ça ne sert à rien d'aller chercher ailleurs ce qu'on a déjà ici. Qu'il faut d'abord préserver son environnement avant d'empiéter sur celui d'autrui. Qu'il ne faut pas conquérir les territoires des autres sans leur demander leur avis...

— Oui mais Futon, ça a l'air chouette ! geignit Alma, cette petite blondinette aux airs rêveurs.

— La Terre aussi c'est chouette, lui répondit Capucine. Fais déjà le tour de notre planète et on verra si tu as besoin d'aller faire le tour de Futon après ça !

Les enfants étaient tellement matures qu'ils n'avaient plus vraiment besoin d'un instituteur pour animer les débats. C'était aussi peut-être pour cela qu'il n'y avait pas de patrons sur Terre. L'Homme s'en sortait déjà parfaitement tout seul. En outre, cela arrangeait bien Rami qui ne savait plus où donner de la tête. Partagé entre ses propres opinions et son devoir de rester neutre et moral, l'instituteur préféra d'ailleurs laisser les enfants réfléchir aux derniers thèmes abordés avant de passer à autre chose. Les armes, l'argent, le pouvoir, les extraterrestres, l'écologie : tous ces sujets étaient extrêmement riches. Même pour des adultes. Les enfants, qu'on avait toujours préservés du côté sombre de l'humanité, ne pouvaient rester indifférents face à toutes ces révélations Cela avait un effet évident sur leur comportement, leurs réflexions et leur vision de la vie. Pour l'instant, il était encore trop tôt pour savoir si le coup de poker qu'avait tenté la commission pour l'éducation en proposant ce programme scolaire allait avoir l'effet escompté. Toujours était-il qu'on ne s'ennuyait pas, à l'école du Bois Étoilé. Durant ces mêmes leçons d'histoire, des milliers et des milliers d'autres écoles proposaient les mêmes sujets d'instruction à leurs élèves. Traduits dans toutes les langues, les textes étaient lus aux enfants du monde entier. Tels des contes narrés avant le coucher, chaque récit avait ses conséquences. Chaque jour, les jeunes terriens en savaient davantage et voulaient connaître la suite. Quels autres secrets inavouables restait-il à percer ?

Un jour, Rami apporta un fusil à l'école. Il n'avait nullement l'objectif de tuer ses élèves trop agités, même si l'idée lui avait effleuré l'esprit. L'instituteur voulait seulement animer quelque peu son chapitre sur la guerre. Mettre un fusil dans les mains de ses élèves était sans aucun doute la façon la plus directe de la faire. Pas forcément la plus habile, mais la plus directe.

— Ceci est une arme, annonça fièrement Rami à ses élèves. Un fusil semi-automatique Bradi 40 pour être précis. Un sourire teinté de peur s'afficha sur la plupart des visages juvéniles. Enfin, l'image avait remplacé le fantasme. Une arme, ça ressemblait à ça. Un truc métallique, long et noir. Pour les enfants, c'était à la fois inquiétant et rassurant. Rami pointa l'arme vers le plafond de la salle de classe et appuya sur la détente. Une fleur d'un rouge vif sauta du canon et tomba au milieu du cercle formé par les chaises. Les enfants rirent nerveusement et firent comprendre à leur instituteur qu'ils voulaient essayer à leur tour. Rami leur montra comment recharger l'arme à feu et leur expliqua qu'avant l'intervention des Futoniens, la détonation de ce type de fusil était loin d'être aussi silencieuse. Il se montra transparent : dans l'Ancien Monde, un seul coup de feu pouvait tuer un homme, un enfant ou un éléphant. Une balle suffisait à percer un mur ou à faire éclater une noix de coco. Une fois ces éclaircissements faits, il laissa l'arme circuler dans les mains des enfants. Il ne fallut pas plus de quelques secondes avant que la première fleur sortît du fusil. Les enfants s'amusèrent à se tirer dessus des tulipes multicolores. C'était une guerre à la fois florissante et innocente. À partir d'un reproche qu'ils voulaient faire passer à un camarade, les élèves faisaient feu. Ou fleur. Les enfants se passaient le fusil les uns après les autres et scandaient les pires blâmes avant de tirer. À chaque fois qu'un nouveau coup était porté, la critique pour celui qui était visé se faisait plus forte. Plus puissante. Bientôt, les élèves se lancèrent des injures et les premières bousculades eurent lieu. Au troisième coup de pied, Rami, qui jusque-là s'amusait de la situation, se reprit et mit un terme au spectacle. Une jambe cassée eût été mal venue. Il préféra retirer le fusil des mains des mouflets avant que cela dégénère. C'en était assez pour la journée.

À la surprise de Rami, le matin suivant, Léo ne vint pas seul. Son père l'accompagna jusqu'à la porte de l'école où il attendit l'instituteur de pied ferme. En croisant son regard noir, Rami prit un air complaisant et serra la main de l'homme qu'il connaissait bien.

— Que me vaut l'honneur de te voir, Ernest ?

— Je suis embêté, Rami, mon fils me raconte des choses que je n'arrive pas à comprendre ces derniers temps. Il a des réactions de plus en plus agressives et agit étrangement. Qu'as-tu donc appris aux enfants ?

— Je n'ai fait que suivre le programme... Comme tu le sais, il y a eu du changement, ce n'est pas de mon ressort. C'est le référendum qui a tranché.

— Le comité d'éducation n'a jamais dit que les profs entraîneraient les enfants au tir au fusil, il me semble... C'est pourtant ce que Léo m'a raconté... Je ne sais pas bien ce qu'est un fusil mais il m'a dit que c'était fait pour écraser des gens comme des insectes sous des chaussures géantes. Alors, permets-moi de m'inquiéter...

— C'est fait pour tuer, oui, ne put s'empêcher de ricaner Rami. Mais ne t'en fais pas, les fusils font apparaître des fleurs. Rien d'autre.

C'est justement pour montrer aux enfants combien la paix est inéluctable que je leur ai fait toucher une arme.

Le père de Léo, encore moins informé que son propre fils de six ans sur l'Histoire de la Terre, ne trouva pas d'arguments pour contredire l'instituteur. Il hocha donc la tête. Rami se tourna vers lui et le tint par les épaules pour le regarder droit dans les yeux.

— Crois-moi, Ernest, je ne veux rien d'autre que le bonheur des enfants. Et je souhaite de tout cœur que ce programme scolaire leur offre un meilleur futur.

— Meilleur qu'idéal, ça sera difficile, observa timidement le père de Léo.

— Meilleur qu'idéal, c'est quand même meilleur.

Après quelques secondes de réflexion, Ernest décida de faire confiance à Rami. L'ignorance ne faisait pas le poids contre le savoir. Trop d'éléments lui étaient inconnus, il devait s'en remettre à l'Enseignement. Dans une société politiquement anarchique, le pouvoir trouvait sa place ailleurs. La culture et la connaissance étaient des moyens plus fourbes de dominer les autres, mais fonctionnaient tout autant. Ernest, rassuré, souhaita une bonne journée à tout le monde, s'excusant presque d'avoir douté des intentions de l'instituteur.

Rami ne lui en tint pas rigueur. Il se sentait d'attaque pour amorcer le quatrième chapitre du programme d'histoire.

Ce matin-là, Léo, Tom, Alma, Capucine et tous les autres petits du quartier du Bois Étoilé avaient sagement pris place sur leurs sièges disposés en cercle. Leurs oreilles étaient grandes ouvertes et l'attention était au rendez-vous. Rami leur avait promis un sujet encore plus incroyable que les précédents. Ils avaient donc hâte d'en savoir plus.

Dans le silence le plus complet, l'instituteur démarra son cours.

— Comme vous le savez, la Terre appartient à tout le monde. Quand on vous demande votre nationalité, vous répondez…

— Terrieeeeeeenne ! répondirent les jeunes élèves guillerets sur la même mélodie.

— Facile, vous n'avez aucune autre réponse possible. Mais avant les années 2300, il existait bien des nationalités. À vrai dire, il y avait autant de nationalités possibles que de territoires. Et ces nationalités pouvaient changer au cours d'une même vie.

Les élèves ne savaient pas où Rami voulait en venir mais ils étaient intrigués.

— Depuis que la monarchie a été mise en place pour la première fois, des frontières ont également été créées. Chaque territoire avait un chef et chaque chef possédait donc son propre espace avec ses villages, ses peuples, ses constructions. Comme je vous l'ai déjà dit, on appelait ça des pays. Les pays étaient également regroupés en continents. Au sein même des pays, il existait différents petits territoires. Dans les régions, il y avait les départements, dans les départements, les villes, dans les villes les arrondissements. À chaque territoire, son chef, ses règles, ses possessions.

— Et on pouvait changer de pays si on le souhaitait ? demanda immédiatement Alma.

— Ce n'était pas aussi simple. Selon les règles de chaque nation, il fallait un visa, un passeport ou rien du tout. Parfois même, des lieux nous étaient interdits, selon d'où on venait et en fonction de notre passé judiciaire.

Comme tout début de leçon, les élèves avaient des tas de questions à poser. Tout était nouveau pour eux, du vocabulaire aux sujets en eux-mêmes. Il fallait donc tout expliquer depuis le début. Rami aborda les origines des nations, montra des cartes du monde, fit le lien avec les royaumes abordés plus tôt et les conquêtes de territoires qui avaient fait l'objet du dernier chapitre. Les pièces du puzzle de l'Histoire commençaient à s'emboîter dans l'esprit des enfants. Enfants qui pourtant s'estimaient être des Terriens libres de se déplacer sur l'ensemble du globe, sans limites, à condition qu'ils eussent de bonnes jambes, un lama en bonne santé ou l'envie d'utiliser un avion solaire. Aucune zone n'était, en 3000, la possession de qui que ce fût, au sens officiel du terme. Bien sûr, chacun avait sa maison, son habitation, et ne souhaitait pas forcément voir débarquer un inconnu sous son toit. Mais cela relevait du respect et du bon sens. Et aucune habitation n'était forcément réservée à la même famille pour des générations. Il n'était pas rare qu'un groupe d'humains changeât de maison ou qu'un autre prît le relais sans histoire de bail, de revente ou de titre de propriété. Un peu comme les oiseaux, les hommes migraient au fil du climat, de leurs humeurs et de leurs besoins. Ils vivaient au gré du bon sens et se contentaient généralement d'un lopin de terre pour être heureux.

Tous ces villages autonomes, ces groupes sans chef, ces systèmes sans argent, ces territoires non pollués et ces espaces pacifiques dans lesquels les humains évoluaient ne faisaient pas partie d'un seul pays. Ces paysages verdoyants ne concernaient pas un seul continent ni plusieurs États. En fait, il n'y avait plus d'États. Sauf peut-être celui d'ivresse, de temps à autre. Il n'existait pas de pays tout simplement car il n'existait pas de frontières. Les seules lignes de démarcation, invisibles, étaient naturellement indiquées par le bien-être d'autrui. Comme toutes les règles qui régissaient ce monde, il était uniquement question de ne pas marcher sur les platebandes des autres. De ne pas agir sans le consentement de l'autre. À partir du moment où aucune liberté n'était restreinte, chacun avait le droit d'agir comme bon lui semblait. La Terre était celle de tout le monde. Chacun devait donc apprendre à cohabiter avec ses congénères, quels que fussent la partie du globe concernée ou le moyen de transport utilisé pour se déplacer.

Une fois les bases du chapitre sur les frontières posées par Rami, il put lire le quatrième conte, intitulé « le trait rouge ».

CHAPITRE 8

Le trait rouge

C'était la guerre. Une guerre économique et mondiale. Comme dans toutes les guerres, pendant que les chefs se battaient à coups de billets, le peuple subissait les vrais coups. Les coups bas, mais aussi les coups au cœur. Les coups de poing se donnaient également, de temps à autre, à cause des tensions et du patriotisme grandissant. Les uns reprochaient aux autres de venir de là où ils venaient, mais tous étaient fiers de leur terre d'origine. Ils brandissaient leur drapeau comme s'il s'agissait de leur ego. Comme s'il leur fallait exposer au monde entier leur appartenance à un territoire. Comme s'ils voulaient se convaincre de leur propre nationalité. Sur un plan absurde, c'était dans la même lignée que ceux qui se faisaient tatouer le prénom de leur femme au lieu de laisser leur amour briller de loin et sans encre noire.

En ce mois de mars, après quatre années de bataille internationale pour des intérêts particuliers et des rancœurs de longue date, les présidents, rois et dictateurs du monde entier décidèrent finalement de se rassembler pour trouver une solution d'apaisement. Mais surtout d'intéressement. Bien entourés de leurs gardes du corps respectifs, les dirigeants cravatés ou couronnés, selon s'ils avaient pris le pouvoir démocratiquement ou non, vinrent depuis les quatre coins de la planète pour se réunir dans un lieu tenu secret. Ils s'y entretinrent pendant des jours et des jours, chacun exposant ses besoins, ses propositions et ses engagements. À la fin du séminaire, après des kilomètres de comptes-rendus, quelques haussements de ton et des litres de sueur, les chefs d'État trouvèrent finalement un compromis pour que le conflit prît fin. Il fut par exemple décidé que la Mutanie, depuis longtemps en crise, obtînt de nouvelles sources de pétrole. Le Digistan allait enfin racheter la région de la Flatrie pour un coût dérisoire contre quelques prêts à taux bas. Le gaziais, langue oubliée depuis des siècles mais revendiquée par les nationalistes, allait devenir la deuxième langue parlée sur la planète en contrepartie d'importants contrats commerciaux. Bien d'autres décisions furent prises pour le bien des gouvernements. Et uniquement des gouvernements, ce qui était déjà amplement suffisant. Les gens s'acclimateraient de toute façon. Comme toujours.

Parce que tous ces changements radicaux devaient intervenir du jour au lendemain sans l'avis du peuple, les chefs d'État appréhendaient la révolte des moins dociles. C'est pourquoi, une semaine avant d'annoncer les décisions propres à chaque pays, ils renforcèrent les services de sécurité, installèrent de nouveaux équipements de surveillance et augmentèrent considérablement les forces de l'ordre, n'hésitant pas pour cela à former des sans-papiers.

Le jour était venu. Il fallait annoncer toutes les réformes planétaires aux populations ainsi que les règles et contraintes qui en découleraient. Pour faire cela sans bavure, les chefs d'État utilisèrent leurs meilleurs alliés en communication : les médias. En amont, déjà, les journalistes des chaînes de télévision privées et des journaux subventionnés avaient fait un sacré travail de ce qu'on appelait la préparation du sol en jargon politique. Les politiciens avaient en effet cette fâcheuse manie d'utiliser le champ lexical du jardinage lorsqu'il s'agissait de s'adresser au peuple. Les médias avaient donc d'abord défriché le terrain, avant le début de la guerre, en expliquant que les ennemis se trouvaient parmi les habitants des pays voisins. Ils avaient ensuite labouré le jardin, pendant le conflit, en détaillant les atrocités de la bataille et en mettant sans cesse en cause le peuple adverse.

Enfin, ils avaient planté les premières graines en annonçant après quatre longues années que grâce aux gouvernements, la guerre était finie. Il ne manquait plus qu'un petit arrosage de nouvelles réglementations et il n'y aurait aucune raison pour que les mauvaises herbes vinssent troubler le doux pâturage.

Mais les chefs d'État n'avaient sans doute pas pris la mesure des sacrifices qu'engendreraient de tels bouleversements.

L'une des ordonnances les plus contraignantes concernait la Fratellie et l'Aquernance. La frontière qui séparait ces deux pays fut carrément déplacée. Durant le Conseil International, les deux chefs d'État concernés avaient eu du mal à s'entendre sur les limites géographiques de leurs territoires et le résultat en était frappant. La ligne invisible qui avait toujours naturellement séparé ces états voisins par un fleuve n'avait plus du tout la même forme. Les deux présidents s'accordèrent à quelques conditions précises. La ligne devait contourner une centrale nucléaire par-ci, faire un détour vers une source d'uranium par-là et diviser une cité d'affaire en deux. Vue sur une carte, la nouvelle frontière formait un zig-zig des plus incroyables. Vue du ciel, elle paraissait totalement incompréhensible. Observée par des économistes ou des politologues, elle s'avérait en fait tout à fait logique. Mais les habitants des deux pays concernés n'étaient ni politologues, ni économistes et encore moins cartographes. Pour que la nouvelle frontière fût bien claire pour tout le monde, il fallut donc la tracer pour de vrai, avec un immense marqueur rouge et indélébile.

Le lundi 15 mars, dès l'aube, des milliers d'hommes armés parcoururent la frontière fratello-aquernante pour la redessiner définitivement. Deux par deux, munis d'un attirail des plus étonnants, ils suivirent les instructions qu'on leur avait laissées et inscrivirent ce qui serait désormais la ligne à ne pas franchir.

Franck Bozot buvait tranquillement son café, comme chaque matin avant d'aller au travail, quand la porte d'entrée s'ouvrit dans un grand fracas. De peur, il renversa la moitié de sa tasse en hurlant : « Qui êtes-vous ? » avant de se réfugier sous la table. Deux hommes habillés en noir et portant un fusil de chasse dans le dos ainsi qu'un GPS à la ceinture lui firent face, dans la fumée de la porte écroulée. L'un d'entre eux s'avança vers Franck, toussota à cause de la poussière ambiante et brandit un papier officiel.

— Monsieur, fit-il solennellement, selon l'article 125 du Conseil International du 7 mars 2077, la frontière entre la Fratellie et l'Aquernance a été déplacée. Elle traverse désormais la ville de Cantrat-sur-Sienne de Ouest en Est, en ligne droite.

— Et... Ça vous oblige à défoncer ma porte ? Ma porte toute neuve? trembla Franck depuis le pied de sa table, sous la nappe.

— Ne vous inquiétez pas pour votre porte, elle sera désormais la propriété exclusive du gouvernement de l'Aquernance. Personne ne pourra donc entrer chez vous de ce côté.

Franck ne comprit évidemment pas ce que cela signifiait et releva un côté de la toile cirée jaune pour regarder son interlocuteur. Comme pour avoir un indice visuel sur la situation.

— Que voulez-vous dire par propriété exclusive de l'Aquernance ? J'habite en Fratellie depuis quarante-sept ans ! protesta-t-il timidement.

— Et bien vous y habiterez toujours, mais votre maison sera juste plus petite, répondit le visiteur, tout en vérifiant son document. À moins que vous ne décidiez de vivre du côté aquernant, auquel cas vous aurez au moins accès à la porte d'entrée... Mais il faudra la réparer.

Franck Bozot ne comprenait décidément rien et se chopa une migraine insupportable. Il se releva finalement pour faire face aux deux intrus qui étaient tout de même entrés par effraction chez lui.

— Écoutez, geignit-il, je ne sais pas qui vous êtes, ni ce que vous me voulez, mais par pitié soyez clair ! Je n'ai pas eu le temps de boire mon café et je me retrouve devant deux hommes armés qui ne se sont même pas présentés et qui me disent que ma porte ne m'appartient plus ! Je voudrais bien savoir ce qui se passe, si ça ne vous dérange pas trop !

Le deuxième homme, jusqu'alors resté en retrait, s'avança jusqu'aux rayons de soleil reflétés sur le carrelage de la cuisine. Il retira son képi bleu, se racla la gorge et traduisit les propos de son collègue dans des termes plus explicites.

— Monsieur Bozot, nous sommes deux agents de police, commença-t-il, tout en essuyant son insigne poussiéreux. Le gouvernement nous a demandé de tracer la nouvelle frontière fratello-aquernante, et il se trouve qu'elle passe dans votre maison. Vous devez donc choisir de quel côté de la ligne vous souhaitez vivre, car il vous sera impossible de la franchir une fois tracée. Vous avez deux minutes.

L'homme qui venait de parler jeta un regard écrasant à son confrère et sans un coup d'œil pour leur hôte, tous deux se retournèrent vers l'encadrement de la porte qu'ils avaient démolie en arrivant. La poussière estompée, on put y découvrir un gigantesque feutre indélébile monté sur roulettes, la pointe braquée vers le sol. Les deux policiers se mirent à l'inspecter et à parler technique. Le pauvre

Franck resta d'abord bouche bée, puis fut pris d'un élan de colère mêlée à de l'indignation.

— Mais enfin ! Vous ne pouvez pas me retirer une partie de ma maison ! s'étrangla-t-il en rejoignant à grands pas les deux hommes. Vous ne pouvez pas m'empêcher de passer de l'autre côté ! Comment je vais faire, moi, pour aller voir ma famille ??? Ils habitent au Nord du pays !!!

— Il vous faudra un visa, mais la liste d'attente risque d'être longue, lui répondit aussi paisiblement que possible l'un des représentants de la loi, tout en réglant les roues du marqueur géant.

— UN VISA ??? Non mais, on aura tout vu !!! rugit Franck avant de se prendre un fou rire nerveux.

Sans état d'âme et de façon mécanisée, les deux hommes en noir activèrent enfin leur feutre ineffaçable et apparemment électrique, tout en prenant bien soin de vérifier leur GPS. Au grondement de l'appareil, Franck réalisa que l'affaire était bien sérieuse et devint hystérique.

— SORTEZ DE CHEZ MOI, VOUS ENTENDEZ ?!

hurla-t-il en tentant de repousser les deux individus.

L'un d'eux posa son front contre celui de Franck, plongea ses yeux dans les siens et lui lança sur un ton subitement féroce :

— Écoute-moi bien, bonhomme. Tu as intérêt à te montrer coopératif, car d'une, on a d'autres maisons à faire aujourd'hui et de deux, le fusil de chasse qu'on porte n'est pas là pour faire joli. Entendu ?

— Entendu, s'empressa de répondre Franck.

— Alors, tu restes côté cuisine ou côté porte ?

— Côté porte, lâcha-t-il sans réfléchir.

— Bien. Maintenant, laisse-nous travailler, tu seras gentil. Bozot recula vers l'entrée de sa maison, vidé par une situation qui le dépassait complètement. Il se laissa glisser contre le mur qui jouxtait l'ancienne porte et s'assit par terre. Impuissant, il assista au tracé de sa prison. Les hommes au képi bleu et au costume noir abaissèrent la pointe du marqueur depuis l'un des murs de la cuisine et commencèrent à marquer le sol. Le trait était rouge vif et l'odeur, décapante. À mesure que le feutre avançait, les policiers le dirigeaient, traçant ainsi une ligne épaisse entre la partie « cuisine » et la partie « entrée » de la pièce. Le sol était divisé en deux par une ligne écarlate. Celle-ci apparaissait à Franck comme une traînée de sang, tandis que pour les flics, c'était un tronçon de frontière de moins à faire.

Contents de leur travail, ces derniers coupèrent le moteur du feutre ambulant, rehaussèrent sa mine et le poussèrent jusqu'au paillasson.

Ils firent un signe d'adieu à Franck et étaient sur le point de sortir quand l'un d'entre eux s'immobilisa.

— Nous avons oublié de vous dire une chose importante, monsieur Bozot, fit-il en se retournant vers lui. L'encre du marqueur à frontière est non seulement indélébile, mais elle est également constituée de capteurs hypersensibles reliés par ondes électromagnétiques à la base militaire la plus proche. Inutile donc d'essayer d'effacer la ligne ou même de passer une jambe par-dessus... Au revoir, monsieur.

Les deux hommes sortirent de la maison en un éclair. Quant à Franck, il lui fallut un certain temps pour se relever, au sens propre comme au sens figuré, après le choc qu'il venait de subir. Ce fut un bruit assourdissant venant de l'extérieur qui lui donna finalement la force de se mettre debout. Il sortit sur le perron, ou plutôt sur la porte d'entrée désormais horizontale, et chercha d'où venait l'agitation. Il longea alors sa maison sur la gauche et découvrit le pot-aux-roses. Les deux agents de police étaient en train de tracer la fameuse frontière rouge dans le prolongement de sa cuisine, sur la route. La ligne allait donc bien diviser la ville, et de nombreuses autres, en deux. Il resta planté là durant de longues minutes, entendant de temps en temps les cris d'autres habitants qui venaient eux aussi de se faire interdire l'accès à certaines pièces de leur propre maison. Au bout d'un moment, il vit une femme sortir de sa résidence située de l'autre côté de la rue. Celle-ci, qui n'avait sans doute pas appris la nouvelle, passa devant Franck sur le trottoir et franchit le trait rouge sans le voir. Un soldat apparut comme par magie de derrière un buisson, attrapa la pauvre passante et la ramena du bon côté de la ligne avant de lui tendre un papier rose.

— Trois cent soixante-quinze balles ?! Qu'est-ce que j'ai fait de mal ? demanda-t-elle, perdue.

— Il est interdit de franchir la ligne rouge sans visa. Vous n'avez pas de visa, n'est-ce pas ? fit le militaire.

— Mais pour aller où ?

— En Fratellie bien sûr.

— Mais je suis en Fratellie !
— Non, vous êtes officiellement en Aquernance depuis ce matin. Votre nouvelle nationalité vous sera envoyée par courrier prochainement. Bonne journée, madame.

L'homme se dirigea vers un autre passant qui était en train de franchir la ligne, un peu plus loin dans le quartier.

Franck assista à de nombreuses scènes similaires tout au long de la journée. Un véritable cauchemar prenait forme sous ses yeux. Les gouvernements, qui pensaient que les nouvelles réformes allaient passer comme une lettre à la poste auprès du peuple, avaient tout faux. C'était plutôt comme si on voulait faire rentrer un bureau de poste dans une petite enveloppe. La tentative demeurait évidemment vaine. Mais la plus grosse absurdité dans tout cela était que si sur le papier, la guerre était finie, en pratique, elle était loin de l'être. La guerre était désormais civile et ne confrontait plus les peuples entre eux mais la population au gouvernement, par l'intermédiaire de la police et de l'armée.

Durant des heures, Franck fit des allers-retours entre sa maison, ou plutôt son bout de cuisine auquel il avait accès, et son perron, d'où il assistait aux sketches les plus surréalistes de sa vie. Pour autant, il n'avait pas envie de rire.

Le soir venu, la faim et la soif jusque-là oubliées refirent surface. Sans réfléchir, le Fratellien de naissance, devenu Aquernant de malchance, marcha d'un bon pas vers la table de la cuisine où était toujours posée sa tasse de café. Vingt centimètres avant d'atteindre la nappe et ce qui restait de son petit déjeuner, le trait rouge qui longeait le bord de la table, au sol, ramena brusquement Franck à la réalité. Comme devant un feu tricolore, il s'arrêta immédiatement. Il ne pouvait pas attraper cette foutue tasse, juste parce qu'elle se trouvait du mauvais côté. Il ne pouvait pas non plus accéder au frigo, à l'évier ni même aux autres pièces de sa maison puisque toutes les portes étaient désormais sur le territoire fratellien. Sauf la porte d'entrée qui ne servait plus à rien. En comprenant tout ce qu'il ne pourrait plus jamais faire, Franck se mit à pleurer. À hurler. Il donna des coups de pied dans le peu de meubles qui étaient à sa portée avant de s'écrouler par terre, tel une étoile de mer. Heureusement, il y avait la télé.

Il resta couché devant l'écran et ne ferma pas l'œil de la nuit, ni du jour. Les journalistes annonçaient en boucle les nouvelles réformes et exposaient les sanctions encourues si celles-ci n'étaient pas respectées.

***

— C'est quoi la télé ? demanda Louison.

Les autres enfants, qui se posaient intérieurement la même question, attendirent l'explication de Rami.

Pour réponse, ce dernier donna la définition de sa brochure. Pendant qu'il récitait sa réplique, l'instituteur retranscrivit sur le mur les termes les plus importants.

— La télévision fait partie des trois grandes familles de drogues définies par le professeur Chicot dans les années 2110. Il y avait à l'époque les drogues dites « ingérées », allant du sucre à l'extasy, les drogues « comportementales », telles que la dépendance affective et les tocs, et enfin les drogues « visuelles », comme la télé.

— Ça ne nous dit pas ce que c'est, lâcha Léo sèchement.

Rami était un peu décontenancé par le ton qu'employaient ses élèves lorsqu'ils étaient intéressés par un sujet.

— Laisse-moi donc expliquer les choses dans l'ordre, si tu le veux bien ! C'est déjà assez compliqué comme ça… lui fit remarquer l'instituteur. La télévision, donc, était un petit écran que chacun disposait chez soi et d'où sortaient des images souvent abrutissantes. Les actualités du pays et de la planète étaient également diffusées par le biais de la télévision par les autorités. Mais souvent, les informations étaient loin d'être neutres. C'est pourquoi aujourd'hui nous n'avons plus la télé.

— On n'en a pas besoin, on a les projections d'informations hebdomadaires sur la montagne Pipline ! objecta Alma.
— Oui, ça nous suffit largement, admit Oscar.
— Et bien si tout le monde est si content de ne pas avoir la télé, on va peut-être pouvoir reprendre le récit sur les frontières, grogna Rami, lassé par tant de pertes de temps injustifiées.
Avant qu'aucun élève n'eût le temps d'intervenir à nouveau, l'instituteur s'empressa de reprendre son texte.

***

Vingt-six heures après le début de son cauchemar, Franck décida d'aller acheter à manger et surtout de quoi boire. Il n'avait pas avalé une seule goutte d'eau depuis que la ligne rouge l'en avait dissuadé. Affaibli et tremblotant, il se rendit péniblement dans la supérette la plus proche. Assoiffé, il but une gorgée de sa bouteille d'eau et attendit patiemment en caisse pour régler ses achats, mais aucun employé ne vint. Il se rendit alors compte que tout avait changé dans la boutique.

Il n'y avait plus de vendeur, les rayons étaient sens dessus dessous et le magasin était en libre accès. La vérité, qu'il comprit rapidement en entendant des manifestants crier dans la rue, était que beaucoup ne pouvaient tout simplement plus aller travailler. D'ailleurs, personne n'en avait plus envie. Des milliers de personnes demeuraient, comme lui, bloquées derrière une ligne et se voyaient dans l'impossibilité de vaquer à leurs occupations. Certaines familles ne pouvaient plus se rendre visite, d'autres avaient carrément été séparées à l'intérieur même de leur maison par cette ligne infranchissable.

Pour calmer les foules, mais surtout pour relancer l'économie qui était sérieusement en berne, les présidents de l'Aquernance et de la Fratellie prirent une nouvelle décision commune.

« À compter de demain, chaque personne dont le lieu de travail se situe dans le pays opposé au sien aura le droit de s'y rendre, mais uniquement dans un but professionnel. Pour cela, il lui faudra montrer son contrat de travail à tout représentant de la loi sur demande de justificatif. Toute personne franchissant la ligne rouge pour un autre motif se verra expulser sur le champ. Chaque dimanche, et ce de façon permanente, fera office de journée sans frontière. Ce jour-ci et ce seul jour, entre 00 h 01 et 23 h 59, les Aquernants et les Fratelliens pourront traverser la frontière indéfiniment et sans aucun risque de poursuite judiciaire. Il leur faudra toutefois veiller à retourner dans leur pays d'origine avant l'heure limite. »

Lorsque Franck entendit les mots du journaliste, il jeta joyeusement ses chips en l'air. À force de vivre en captivité, l'homme s'enthousiasma pour une brèche de liberté. Un jour par semaine, quand on était privé de déplacement depuis quinze jours, c'était déjà le bonheur. On était mardi soir et il restait cinq petits jours à attendre. Ou plutôt une centaine d'heures interminables. Du lundi jusqu'au samedi, il traversa la ligne rouge uniquement pour travailler. Et seulement dans la rue. Il avait tellement vu d'habitants désobéissants se faire sanctionner chaque fois qu'ils passaient un pied de l'autre côté de la ligne sans motif valable qu'il n'osa même pas se préparer un café matinal dans sa cuisine interdite. Et pourtant, un café eût été le comble de la joie pour ce citoyen déchu. Malgré ses heures passées à l'usine qui lui permettaient d'une certaine façon d'accélérer le temps, Franck n'avait qu'une seule idée en tête : vivre sa première journée sans frontière.

Le samedi suivant, dès qu'il rentra du travail, il s'assit tout contre la ligne rouge qui traversait sa seule pièce accessible. Comme un gosse avant Noël, il attendit les douze coups de minuit comme le signal de l'affranchissement. Les minutes passaient difficilement, tandis que Franck balayait la cuisine du regard. Il en connaissait les moindres recoins. Les manteaux étalés par terre en guise de matelas, la porte d'entrée rafistolée ou encore le réfrigérateur tant convoité. Les plinthes écaillées, la suspension poussiéreuse, la nappe jaune tachée… Tous les éléments de la pièce apparaissaient comme les repères de sa prison.

Plus que trente minutes et Franck pourrait franchir le trait rouge. Plus que quinze. Dix. Soixante secondes… Liberté !

De l'instant où il put attraper sa tasse de café moisie à celui où il revint du « côté porte » à 23 heures 59 tapantes, le temps fila à toute allure. Mais même rapides, ces vingt-quatre heures furent certainement les plus intenses de sa vie. Il en savoura chaque partie. Les moments seuls, où il redécouvrit les trésors de ses placards et de ses tiroirs, et les instants partagés, chez ses amis ou dans les lieux publics. Les gens se faisaient un plaisir de discuter. Mais le temps était compté. À minuit, il faudrait à nouveau attendre six jours derrière l'unique barreau de sa cellule.

Ce fut dans cette ambiance étrange que Franck passa les trois mois suivants. Tantôt heureux, tantôt déprimé, mais toujours restreint par un pauvre trait rouge inscrit au marqueur. Les Fratelliens et les Aquernants vivaient tous la même situation et plus le temps passait, plus ils s'en accommodaient. Comme toujours. Les chefs d'État avaient finalement raison : il suffisait de bien préparer le terrain et de couper régulièrement les orties et les ronces pour permettre aux plantes de pousser en ligne droite. Mais même si en apparence, tous étaient plus ou moins d'accord – en tout cas disciplinés – face aux règles qui dictaient leur vie, la cocotte-minute n'attendait en réalité qu'une secousse pour exploser.

Un samedi soir, comme tous les samedis soir, Franck attendit l'heure de liberté. Assis le long de la délimitation rouge, les yeux dans le vague, il regarda sans vraiment voir la cuisine. Le bourdonnement d'une mouche attira son attention. Il la suivit du regard. La mouche voleta d'abord dans l'entrée de la maison, où Franck avait installé son couchage de fortune, puis continua tranquillement son chemin à quelques centimètres au-dessus de la frontière, pour finalement se poser sur la tasse à café abandonnée depuis le dimanche dernier. Elle aspira une partie du contenu avec sa petite trompe avant de s'envoler fébrilement. La quiétude qui semblait émaner de ses déplacements agaça particulièrement Franck. Et voilà qu'elle se posait sur le frigo, puis sur le reste de nourriture dans l'évier. Voici qu'elle traversait la ligne dans un sens, puis dans l'autre. Même si la mouche ne se préoccupait certainement pas de Franck, et encore moins de ce fichu trait rouge dont elle ne distinguait peut-être même pas la couleur, lui voyait ses battements d'ailes insouciants comme un véritable affront. Lorsque, fatiguée par ses va-et-vient, elle se posa en plein sur la frontière, juste à côté de lui, c'était carrément de la provocation. Franck allait l'éclater avec sa main, avant de s'en mordre les doigts. Déjà, ce geste lui eut coûté une amende, et en plus, il ne voulait pas ressembler à la police des douanes, qui, chaque jour, empêchait les gens de franchir le redoutable tracé. Alors quoi, on était dans un monde où les humains avaient moins de droits que les mouches ? C'était ça, le progrès ? Les droits de l'homme? Alors vous vous creviez à bosser six jours d'affilée pour mériter vos seules vingt-quatre heures de liberté et les mouches, qui ne faisaient rien de constructif de toute leur vie, pouvaient virevolter dans tous les pays du monde à volonté et boire votre café sans qu'elles ne fussent inquiétées ? Ce n'était pas juste. Avaient-elles des frontières, les mouches? Non. Devaient-elles s'arrêter aux feux rouges ? Non. Fallait-il qu'elles disent « bonjour », « s'il vous plaît » ou « veuillez recevoir mes salutations distinguées » ? Non, non et toujours non. Et bien pour Franck aussi, ça serait non.

Il était seulement 22 heures et Franck s'autorisa ce dont il avait toujours eu envie de faire, sans se poser la moindre question. Comme en transe, il se dressa sur ses jambes, fixa la ligne rouge d'un œil fou et passa le pied droit de l'autre côté. Ce fut jouissif. Il sautilla sur la ligne, tel un funambule professionnel. Il marcha dessus en long, en large et en travers, et s'autorisa même une pirouette de danseuse et des sauts de chat. Il s'échappa par la porte d'entrée de sa maison et courut dans la rue tout en jetant ses vêtements en l'air, les uns après les autres.

Les premières sirènes de police se firent entendre. Entièrement nu, il entra dans l'église du quartier et poussa les pires jurons qu'il connaissait. Il ressortit et continua sa course effrénée, embrassa la première fille qu'il croisa, rit à en perdre la tête, hurla à s'en crever les poumons et sauta comme un kangourou. Les forces de l'ordre étaient à ses trousses. Mais Franck s'en fichait. Il était libre. Peut-être encore pour quelques secondes. Alors il traversa la route au feu rouge, entendit crisser les pneus des voitures et hurla de toutes ses forces : « C'EST QUAND MÊME PAS UN FEU TRICOLORE QUI VA DICTER MES PAS ! » avant de se faire plaquer au sol par les policiers. La douleur qu'il aurait dû ressentir en tombant sur le sol fut comme anesthésiée par l'extase qu'il avait éprouvée en bravant les interdits. Pas seulement la frontière rouge, qui n'était finalement que l'une des dernières règles qu'il avait eu à respecter, mais toute une série de principes et d'ordres qui avaient toujours dirigé sa vie depuis sa tendre enfance. Le bien, le mal, la tenue en public, le politiquement correct, le respect, les formes, la discipline… La cocotte-minute avait finalement explosé, et la sanction allait être lourde.

Franck fut incarcéré durant de longues années. En prison, il dut se faire à sa nouvelle cellule et à ses nouveaux barreaux. Cette fois, le dimanche n'existait plus et la liberté non plus. Mais les habitants de la frontière fratello-aquernante eurent la bonne surprise d'accueillir, au matin du 20 juin, des hommes non armés, peu fiers et munis d'une gomme géante.

CHAPITRE 9
Frontières et liberté

— C'est quoi la prison ? réagit Léo immédiatement après la fin du récit.
— Nous allons justement y venir, lui répondit Rami, la gorge asséchée par sa propre narration. Pour l'instant, imagine simplement que Franck a été puni.

Ce terme ne facilita pas davantage la compréhension l'affaire, la punition n'étant pas une notion naturelle pour ces enfants de l'an 3000, au grand regret de l'instituteur. Il fantasmait secrètement, dans les moments les plus bruyants de ses journées passées à l'école, de mettre au piquet les agités. Un bonnet d'âne était même caché dans le dernier tiroir de son bureau d'instituteur.

— Ce qu'il vous faut comprendre pour aujourd'hui, c'est que les frontières ont longtemps dicté la vie des Terriens. Elles séparaient les pays, divisaient les classes sociales et délimitaient les propriétés. Il y avait les frontières physiques, mais aussi les frontières invisibles. Les murs et les barbelés, mais aussi les lois et les limites. Tous les types de frontières avaient un point commun : la restriction de libertés. Récréation.

À l'annonce de la pause, les enfants sortirent de la salle en courant et reprirent leurs conversations. La récréation, de tout temps, représentait le moment préféré des élèves, dans chaque pays et à chaque époque. Quelques minutes où on se sentait pleinement libre. Libre de ses mouvements et de ses agissements. L'espace soudain offert donnait aux enfants, pourtant très autonomes au quotidien, une sensation de légèreté. Les jeux leur accordaient le droit de fuir les contraintes du quotidien. Cela leur permettait aussi, grâce à l'imagination, de s'émanciper de toute forme de norme. Dans un jeu d'enfant, on pouvait se prendre pour un lion, pour un papa ou encore pour un vétérinaire. On pouvait avoir deux ans et demi ou soixante-dix ans. On avait le droit de tout faire et de tout être. En un mot, la liberté. Mais même dans une époque aussi affranchie que celle à laquelle on vivait en 3000, la récréation avait une fin. Les journées aussi. Quand le soleil commençait à se coucher, il fallait songer à l'imiter. Comme si cette immense étoile demeurait finalement, sinon le chef, le guide. Sans institution ni hiérarchie, la nature restait le seul mentor. Les humains s'adaptaient instinctivement au rythme des saisons, du temps et de l'environnement. Vers 17 heures par temps froid et 18 heures par temps chaud, les enfants rentraient donc chez eux. En vérité, les montres n'existaient plus.

Mais même sans montre, les horaires étaient naturellement respectés sans qu'il n'y eût besoin de cloche ni de gong.

Au cours suivant, Rami apporta un nouvel objet de curiosité. Après les pièces de monnaie, la couronne et le fusil, les élèves étaient bien curieux de savoir quelle serait la dernière trouvaille de leur instituteur. Ce dernier fit durer le suspense. Dans ses bras, un grand drap blanc recouvrait quelque chose d'imposant. Et lourd, à en croire les gouttes de sueur qui perlaient sur son front. L'instituteur posa son fardeau sur le pupitre, sous les yeux écarquillés des mouflets. Tel un magicien en spectacle, il retira le linge d'un mouvement brusque.

— Qu'est-ce que c'est ? demandèrent d'une seule voix plusieurs enfants.

— Un poste de télévision, répondit Rami le menton levé. Vous vouliez savoir ce que c'était, en voici un en chair et en os, si je puis dire. Celui-ci est vieux de huit cents ans alors, je vous prierai d'y faire bien attention.

— Comment ça marche? demanda Oscar.

Rami ne se fit pas prier. Il raccorda la prise à un adaptateur, qu'il brancha à la batterie solaire de secours et appuya sur l'interrupteur de l'appareil. Le professeur avait tout prévu, y compris le dessin animé dans la carte mémoire. Les enfants étaient aux anges. Dès l'instant où l'épisode de « Bibi le pingouin super-héros » commença, plus aucun mot ne fut prononcé. C'est bien simple, jamais Rami n'avait obtenu de sa classe un si long silence depuis qu'il avait commencé à enseigner, dix ans auparavant.

— Vive la télé, chuchota-t-il en s'asseyant allégrement derrière son pupitre.

Comme des bébés devant leur tout premier programme TV, les enfants restaient subjugués. La lumière de l'écran les paralysait totalement.

Pourtant, ils connaissaient déjà le principe du film et de la caméra. Mais pas celui de l'écran. Les images enregistrées qu'ils avaient l'occasion de regarder n'étaient diffusées que par projection ou par hologramme. Il en était de même pour les jeux vidéo, le peu de fois où ils y jouaient dans les salles dédiées. Tous les week-ends, deux types de vidéo étaient proposés au public. La montagne Pipline, située non loin de l'école du Bois Étoilé, figurait parmi les nombreux points de diffusion médiatique de la planète. Chaque samedi de 14 heures à 18 heures, les projectionnistes faisaient apparaître les principales informations du monde sur le flanc du massif montagneux. Ces actualités politiques, sociales et météorologiques n'étaient pas annoncées par des journalistes, mais par les personnes concernées par les sujets du jour. Si un maraîcher voulait communiquer sur sa dernière récolte, il le faisait lui-même. Si un restaurateur avait besoin d'aide en cuisine, il pouvait faire sa demande publique sans intermédiaire. Les nouveaux programmes scolaires, par exemple, avaient été annoncés par les membres des comités d'éducation. Les recherches scientifiques le prouvaient : l'information la plus neutre et la plus fiable était celle qui sortait de la bouche de ses auteurs. Les populations pouvaient ainsi se faire leur propre idée. Les spectateurs avaient également la possibilité de s'exprimer sur le thème de leur choix en se faisant filmer en studio. Leurs revendications étaient projetées la semaine suivante et bénéficiaient ainsi de la même visibilité que les autres sujets d'actualité. Le dimanche, les citoyens pouvaient assister à la diffusion d'un long-métrage. Évidemment, les traces du passé ayant été supprimées ou cachées, seuls les films tournés depuis les années 2800 étaient projetés en plein air. Mais cela suffisait amplement pour satisfaire les cinéphiles.

***

La semaine d'après, Rami aborda le thème de la justice et des prisons. Il énonça les différents systèmes judiciaires de l'Histoire. Ceux-ci variaient en fonction des périodes, des pays, des gouvernements, des constitutions, mais aussi des tribunaux et des avocats. Il décortiqua chaque métier propre à la Justice, du juge à l'enquêteur et du greffier au magistrat. Pour les enfants, c'était un peu du chinois. Mais il fallait bien passer par là pour décrypter le récit à venir. L'incompréhension, aux yeux des enfants, ne se trouvait pas tant dans la définition des rôles de chaque profession judiciaire, mais dans le fait qu'un acte pût être jugé par d'autres que soi. Rami précisa alors qu'à une époque où il était possible de tuer, de corrompre et de voler, il était bien heureux de pouvoir juger. Et il était également bienvenu de pouvoir être défendu. D'où le rôle des avocats.

Pour les mettre dans le vif du sujet, Rami leur proposa un jeu de rôles. Il s'agissait de reproduire un tribunal, chaque enfant incarnant le personnage de son choix. Léo opta pour celui du juge, Capucine et Justine jouèrent les avocates, Tom le coupable et Cédric, la victime.

Tom était jugé coupable d'avoir volé le stylo de Cédric durant la récréation. Comme alibi, Capucine avança qu'il était impossible que son client eût renoncé à la récréation pour un vol de stylo. L'avocate de Cédric fit une objection, assurant que cet argument ne tenait pas la route quand on regardait de plus près le stylo en question. Celui-ci était en bois sculpté et son bouchon avait la forme d'une superbe chouette chevêche. Toutes les récréations du monde ne faisaient pas le poids face à un stylo aussi joli. L'objection fut retenue par Léo. Après délibération de la cour, Tom dut être incarcéré sur-le-champ. Pour l'occasion, la zone de récréation, qui n'était autre que la clairière, fut choisie comme cellule de prison. Le juge expliqua que cela donnerait une bonne leçon au jeune garçon, coupable d'avoir préféré un stylo à un espace de jeux et de rigolade.

Dans la bonne humeur, Rami réinstaura le calme et ouvrit la brochure de son programme à la page « prison ». C'était le moment idéal pour lire le récit sélectionné pour le thème.

CHAPITRE 10

Quatre murs
et des barreaux aux fenêtres

Gérard en avait gros. Pas sur son compte bancaire, mais sur la patate. Le poids des épisodes tragiques de sa vie s'était accumulé et affaissait désormais ses faibles épaules de trentenaire. Trente ans, cela peut paraître jeune lorsqu'on a beaucoup à vivre devant soi, mais quand tout semble déjà fait, ça sonne vieux. Trente ans de galère, ça pèse. Surtout lorsqu'au lendemain de son anniversaire, Gérard apprit en seulement trois heures d'intervalle que sa femme venait de passer la nuit avec son propre frère, que son patron le virait et qu'il était interdit bancaire. Son addiction au jeu avait non seulement gâché ses faibles économies, mais aussi son avenir, sa carrière et son couple. La seule personne qui lui avait apporté un tantinet d'amour et de compréhension pendant les dix dernières années lui avait claqué la porte au nez. Gérard ne lui en voulait même pas. Il s'en voulait à lui-même. Mais aussi à ses parents. « Ne cherchez pas, l'addiction aux jeux d'argent, c'est le manque d'affection parentale », lui avait un jour soufflé une femme croisée dans le métro alors que Gérard, ivre, se plaignait de l'état de ses finances. « L'alcool aussi, si je puis me permettre », avait ajouté la dame avant de sortir brusquement de la rame de métro, le laissant face à ses questionnements les plus personnels.

Depuis, n'ayant pas les moyens de se payer une vraie séance chez le psychologue pour approfondir le sujet, Gérard avait eu le temps d'y réfléchir tout seul. Et en même temps, il n'y avait pas à chercher bien loin pour comprendre la source de tous ses maux. Mais Gérard avait tendance à perdre la mémoire, surtout en ce qui concernait son enfance. Trop de souffrance sans doute. Et trop d'alcool. Il était né dans une famille où on ne se disait ni je t'aime ni je te déteste. Son père et sa mère ne se parlaient pas, ils s'échangeaient des coups. Voilà de quoi Gérard se souvint, avec un peu d'efforts de concentration. Lorsqu'il eut dix ans, son père, imbibé de whisky comme chaque jour, porta le coup de trop à sa mère qui le quitta aussitôt, emportant Gérard avec elle dans un studio miteux. Sans un sou, elle se mit à vendre son corps aux hommes du quartier pour survivre et offrir de quoi manger à son fils. C'est alors qu'elle goûta pour la première fois à l'héroïne et ne s'arrêta que pour sombrer dans le coma le plus profond. Juste avant, elle eut le temps d'annoncer à Gérard, onze ans et demi, que son père n'était pas son père, ce qui ne fit que le perturber davantage. À l'âge de douze ans, n'ayant plus de parents sur qui compter, sa maman étant hospitalisée en raison de sa léthargie et ses grands-parents ayant renié tout ce qui touchait à leur fille dépravée, il eut affaire aux services de l'enfance. Le petit Gérard fut placé dans un centre, puis en famille d'accueil où il commença ses premières bêtises. Son frère fut hébergé chez d'autres volontaires à plusieurs centaines de kilomètres et il ne le revit qu'à l'âge adulte. Dès que Gérard eut seize ans, n'en pouvant plus de subir les punitions régulières de ses parents adoptifs, il se mit à travailler à l'usine pour s'offrir son propre logement. Ce fut dans cette fabrique de boîtes de conserve qu'il rencontra sa future femme, alors secrétaire à l'accueil de l'entreprise. Avec elle, il fit deux beaux enfants mais le bonheur n'était toujours pas au rendez-vous. Gérard ne savait ni aimer ni se comporter en société. C'est ainsi qu'il passa le plus clair de son temps libre dans les bars à se saouler et à jouer aux jeux de grattage, qu'il rata la jeunesse de ses deux fils et qu'il foira son couple, par-dessus le marché.

En ce 5 juin 2033, Gérard en avait gros sur la patate. Il faut dire que la journée avait commencé sur les chapeaux de roue : à peine réveillé par un mal de crâne à faire bondir un paraplégique, il réalisa qu'il était seul dans un lit glacial. Même si rien n'avait vraiment été rose avec Christine, jamais elle n'avait quitté le domicile conjugal. Quelque chose de grave avait forcément dû avoir lieu. Gérard se rua aussitôt sur son téléphone portable et découvrit un message qu'il relut trois fois avant de vomir dans ses draps.

« Je suis avec Jean-Paul, je reviendrai chercher mes affaires d'ici quelques jours. Les enfants sont avec moi. Pardon mais c'était vraiment plus possible ».

Gérard descendit les escaliers en trombe, manqua de se casser la figure et but d'une goulée un fond de pastis pur. Son regard croisa celui du facteur à travers le carreau jauni par la cigarette. Sans réfléchir, il ouvrit la fenêtre et attrapa les courriers que l'homme s'apprêtait à insérer dans la boîte aux lettres. Gérard déchira la première enveloppe. C'était un message de son patron.

« Monsieur, suite à votre absence continue ces soixante derniers jours sans aucune justification de votre part et suite à nos relances répétées, nous sommes dans le regret de vous destituer de vos fonctions ».

Gérard hurla des choses d'une voix rauque et incompréhensible.

Il ouvrit le deuxième courrier et en sortit un papier rose. Ça provenait de la Caisse de Panne.

« Monsieur Gérard Faucon, avec un compte débiteur de sept mille six cents flouz depuis quatre mois, nous vous annonçons que vous êtes interdit bancaire. Vous ne pourrez donc plus utiliser votre carte bancaire tant que votre compte ne sera pas à nouveau créditeur. Vous ne pourrez plus émettre de chèque pendant cinq ans, quel que soit l'état de vos finances jusqu'à cette même échéance ».

Gérard n'en lut pas plus. Il jeta les papiers en l'air, attrapa la dernière bouteille de whisky de son bar en tek et en avala les trois quarts. Sur un coup de tête, il glissa sa main dans la cheminée condamnée et attrapa un revolver. L'arme, qui demeurait le seul souvenir de son père, était restée cachée ici depuis qu'il s'était installé avec Christine. Il chopa quelques balles de plomb dans son placard, laça ses chaussures et monta dans sa camionnette blanche en direction du centre-ville.

***

Jean-Luc Collet n'était pas peu fier. Il venait tout juste de signer l'ouverture de sa douzième agence de publicité et s'apprêtait à fêter l'évènement avec d'importantes personnalités. Il le savait, ce contrat allait lui apporter gros. En quelques années, il avait réussi à réunir les plus grands PDG dans sa liste de clients et ses bénéfices ne cessaient de croître au fil du temps. Avec cette nouvelle agence, Jean-Luc n'avait plus vraiment à craindre pour son avenir, bien qu'il n'eût jamais vraiment eu à s'en soucier. Collet était de ceux dont on disait qu'ils étaient nés avec une cuillère d'argent dans la bouche.

Ses parents faisaient partie des 3 % d'ultra-riches du pays et étaient issus d'une longue lignée d'hommes d'affaires, de directeurs et de hauts fonctionnaires. S'il n'avait pas eu cette carrière dans la pub, Jean-Luc Collet n'eût de toute façon jamais vraiment été dans la misère. Mais il était comme ça Jean-Luc. Il voulait gravir toujours plus d'échelons, il tenait à être toujours plus admiré et envié. C'était de cette manière qu'il avait été élevé. Côté famille, la sienne ressemblait à s'y méprendre à celle d'une publicité pour du café. Sa femme, blonde à la dentition parfaite, lui avait offert deux magnifiques enfants aux yeux bleus. Tous deux disposaient d'une immense maison avec piscine, jardin, voiture dernier cri et labrador pure race. Tout ce que pouvaient désirer les hommes de son âge, Jean-Luc le possédait, en mieux. Ses relations familiales frôlaient la perfection. Parents et beaux-parents étaient les plus fiers du monde, quant aux enfants, ils faisaient en sorte de se comporter de façon exemplaire. Dans le quartier comme dans le pays, la famille Collet représentait LA famille modèle. Quelle future mariée n'avait pas déjà songé à copier la cérémonie du couple Collet ? Quelle future grand-mère n'avait pas déjà rêvé de garder des petits-enfants aussi beaux et sages que Thomas et Flavie Collet ? Quel homme n'avait pas déjà fantasmé sur la jolie Anne-Caroline Collet ? Bref, dans les salons de coiffure et les magazines people, du Collet, rien que du Collet.

Parce que rien n'est jamais tout blanc ni tout noir et que l'Homme est complexe, le succès des Collet attirait également les convoitises et les critiques d'une partie de la population. Il n'était pas rare d'entendre des rumeurs scandaleuses remettant par exemple en doute la légitimité de la fortune de Jean-Luc ou encore la fidélité d'Anne-Caroline. Mais jamais ces tentatives de détruire le mythe Collet n'avaient encore abouti. Les amateurs de potins et les concurrents de l'entreprise Collet n'attendaient pourtant que le moindre faux-pas de la famille parfaite.

Au-dessus de tout ça, Jean-Luc croyait en sa bonne étoile et, n'ayant connu que la gloire, ne pouvait rien imaginer d'autre. Ce cocktail d'inauguration à la nouvelle agence devait être réussi dans les moindres détails, comme chaque évènement de sa vie. Lorsque son traiteur l'appela du Digistan ce matin-là pour lui annoncer que les vols étaient annulés à cause de grèves à l'aéroport de la capitale, et qu'il ne pourrait pas être présent assez tôt pour la soirée, Jean-Luc enfila la première veste – mais pas la moins chic – et décida d'aller rendre visite à son banquier. Sur place, il aurait certainement plus d'influence que par téléphone. Il le savait : les problèmes les plus insolubles se règlent toujours par l'argent. Du moins en apparence. Pour l'heure, les apparences étaient bien ce qui comptait le plus aux yeux de Jean-Luc Collet. Il avait convié les médias les plus influents du pays à son cocktail. Et la qualité du buffet devait être irréprochable. Allait-il envoyer de l'argent à un ami pilote de jet privé pour faire venir son traiteur en urgence ? Allait-il faire un virement express au plus grand chef cuisinier ? L'argent le pousserait certainement à rendre service au publicitaire, quitte à devoir annuler ses autres repas prévus le soir même. Qu'importe le moyen, la solution se trouvait sans aucun doute chez le banquier.

***

— Il ne va pas être déçu ! lança Alma en plein conte. Rami s'étonna.
— Tu connais l'histoire ?
— Ben non mais on sait bien que c'est pas auprès d'un banquier qu'on trouve les solutions !
— L'argent lui-même crée des problèmes insolubles ! rétorqua Jérôme.
— Comme disait un certain SDF avec une poule en laisse, souligna Léo, « l'argent ne fait pas le bonheur mais ça aide à bouffer », alors laissez Rami raconter son histoire. On sait jamais.
L'instituteur n'eut pas besoin de réinstaurer le calme, à l'évidence, les enfants s'autogéraient. Il continua donc sa lecture comme si rien ne s'était passé.

***

Gérard gara sa vieille camionnette de travers dans la rue Pitié. Il en sortit, l'air hagard, et se dirigea tout droit vers la banque. Enfin, tout droit n'était qu'une expression. L'alcool ingurgité par le malheureux Gérard lui donnait plutôt une démarche titubante. Il arriva à la porte de l'agence en même temps qu'un homme qui ne lui était pas inconnu. Celui-ci, vêtu d'un costume bleu marine et d'une cravate assortie, lui emboîta le pas et appuya sur le bouton en premier, obligeant Gérard Faucon à attendre son tour. Lorsque ce dernier entra à l'accueil de la Caisse de Panne, l'homme en costard avait déjà posé son portefeuille sur le comptoir et venait juste d'amorcer une vive discussion avec le conseiller au guichet. Le son de sa voix provoqua un déclic dans la tête de Gérard. C'était Jean-Luc Collet le millionnaire, celui qui passait sans cesse à la télé avec son sourire en toc. Lui et sa femme représentaient absolument tout ce que Gérard détestait et enviait en même temps. La famille pseudo-parfaite, la carrière réussie, les habits luxueux : tout chez les Collet le débectait au plus haut point. Et pourtant, lui qui croulait sous les dettes et se retrouvait désormais au bord du divorce et de la solitude éternelle aurait bien aimé vivre ne fût-ce qu'une journée de la vie du célèbre publicitaire. Aussi fausse pût-elle paraître.

Les larmes de rage lui montant à la gorge, Gérard s'accroupit dans un coin du hall de l'agence, fouilla dans son sac à dos et en sortit son revolver et une balle de plomb. La main tremblante, il chargea l'arme difficilement, n'en ayant jamais utilisé de sa vie. À seulement quelques mètres de lui, Jean-Luc Collet se tenait contre le comptoir derrière lequel le conseiller, pourtant face à Gérard, était bien trop absorbé par cette histoire de chef cuisinier bloqué au Digistan pour s'apercevoir qu'une arme à feu s'agitait sous son nez. Lorsque celle-ci fut réellement pointée sur son nez, le guichetier la remarqua enfin.

— Attention, monsieur Collet, derrière vous ! fit-il en levant les mains en l'air.

Jean-Luc Collet se retourna et de peur, tomba immédiatement à la renverse à la vue du tireur. Assis par terre contre le guichet, il leva lui aussi les mains vers le ciel. Gérard, lui, tenait fermement son revolver face au conseiller de banque. Rouge de colère, il hurla :

— Alors comme ça, je suis interdit bancaire ? INTERDIT BANCAIRE ?! EST-CE QUE J'AI UNE GUEULE A ÊTRE INTERDIT BANCAIRE MOI ?!

— Non… Non, monsieur, pas du tout, répondit l'agent d'accueil, sans en penser un seul mot.

Gérard Faucon avait en effet tout de l'interdit bancaire. Des cheveux en pagaille aux chaussettes dépareillées. Et Bastien Ducros, le conseiller de banque, en avait vu passer, des types fauchés.

— Vous savez ce que ça veut dire interdit bancaire ? Ça veut dire que je ne peux plus vivre DUTOUT ! J'ai déjà plus de femme, plus de boulot et vous voulez me retirer mon fric ??? Comment je fais moi, maintenant pour manger ? Pour me payer mes clopes ?!

Gérard pleurait.

— Monsieur, seule l'émission de chèques vous est interdite, vous avez quand même le droit d'utiliser votre carte bancaire ! osa mentir le conseiller, tandis que l'arme flanchait vers le sol.

— JE VOUS AI DEMANDÉ VOTRE AVIS À VOUS ? hurla Gérard en brandissant à nouveau le revolver vers le visage du banquier.

Jean-Luc Collet profita du fait que le braqueur fût concentré sur le guichetier pour se relever discrètement. Encore obnubilé par le sauvetage de son cocktail mondain et par son manque de temps pour y parvenir, le publicitaire passa totalement outre la dangerosité de la situation. Il s'approcha doucement dans le dos de l'homme armé et tendit son bras en direction du comptoir pour récupérer son portefeuille avant de filer. Mais le malheureux n'eut pas le temps d'attraper son bien et encore moins de quitter les lieux. Il fut d'abord bousculé par les piétinements et les gestes agités de Gérard Faucon. Loin de se trouver dérangé par celui qu'il venait de cogner dans le feu de l'action, le braqueur continua son discours animé à l'attention du banquier.

— Qu'est-ce que vous en avez à foutre d'un pauvre type comme moi de toute façon ? Tout ce qui vous intéresse, lança-t-il en se retournant vers Collet, c'est le fric que va vous donner ce millionnaire pour que vous l'aidiez à faire venir son chef cuistot de mes couilles, alors que moi, pendant ce temps-là, je crève la dalle !!!

À ce dernier mot, comme pour marquer la ponctuation de sa phrase, Faucon fit volte-face vers le guichet, et de colère, appuya sur la détente. Le coup de feu s'avéra si violent qu'il délogea l'arme de la main moite de Gérard, dont les jambes déjà tremblantes ne tinrent pas le choc. Tandis que le conseiller s'écroulait sur son siège, la tête ensanglantée, le revolver tomba au sol. Jean-Luc Collet se baissa sans réfléchir pour ramasser l'arme encore chaude, et en se relevant la pointa immédiatement dans la direction de l'homme qui venait de tirer. Au même moment, une femme et un homme, alertés par la détonation, sortirent des bureaux de l'agence et hurlèrent à la vue de leur collègue agonisant. Ils tournèrent alors le regard vers le seul homme armé de l'office : Jean-Luc Collet. Pendant cette toute petite seconde de silence, il se passa tout un tas de choses dans la tête de chacun. Tandis que les banquiers réalisaient naïvement que l'homme qu'ils avaient en face d'eux était à la fois leur meilleur client et leur potentiel meurtrier, Gérard Faucon et Jean-Luc Collet comprirent que la situation dans laquelle ils se trouvaient à ce moment précis, l'un debout braquant une arme à feu, l'autre couché sur le dos, portait gravement à confusion. Entre le premier son des sirènes et l'entrée fracassante des policiers dans l'agence, le temps sembla avoir filé. Pourtant, chaque protagoniste était resté paralysé par la gravité des évènements durant ces quelques minutes d'incertitude.

— C'est pas ce que vous croyez !!! lâcha instinctivement Collet à l'attention des hommes casqués dès qu'ils entrèrent.

— LÂCHEZ CETTE ARME OU VOUS ÊTES MORT !!! rétorqua le premier gardien de la paix de l'unité, protégé par un large bouclier pare-balles.

Prenant conscience qu'il venait d'agiter un revolver en direction d'un représentant de la loi, Jean-Luc ouvrit subitement le poing jusqu'alors fermement agrippé à la crosse, laissant tomber le pistolet sur le sol carrelé de l'agence bancaire. Les quatre policiers se jetèrent sur l'homme en costume-cravate, le menottèrent en lui énonçant ses droits, tandis que les secours pénétraient dans l'agence. Les pompiers eurent beau courir vers le guichetier, le pouls de ce dernier s'était déjà depuis longtemps arrêté. L'unique balle qu'il avait reçue, pourtant tirée par un ivrogne un peu gauche, s'était logée sur le côté droit du cerveau, entraînant une hémorragie fulgurante. Impuissants, les secouristes se tournèrent alors, comble de l'ironie, vers le même ivrogne dont l'état général semblait se dégrader à vue d'œil. Même s'il n'avait pas reçu de balle, Gérard Faucon avait ôté une vie, ce qui, avec l'alcool et les autres soucis accumulés, lui fit perdre connaissance dans les bras des pompiers.

Dans la salle d'interrogatoire, assis face au policier, Jean-Luc Collet vivait les heures les plus stressantes de toute son existence. Lui qui avait l'habitude de tout obtenir en un claquement de doigts se trouvait dans une situation où non seulement il n'obtenait rien, mais où en plus il perdait tout. Il avait beau clamer son innocence, pourtant flagrante, l'homme en uniforme ne voulait pas le croire. Et chaque fois que Collet tentait quelque chose pour se sortir de ce pétrin, le piège se refermait davantage sur lui. Un véritable cauchemar. Il avait par exemple essayé de jouer la carte de la pitié en rappelant qu'il attendait de nombreux invités le soir même pour l'inauguration de son agence de publicité. Mais le gradé, qui semblait faire partie de ceux qui méprisaient la famille Collet, trouva hilarante l'idée de lui faire rater sa soirée mondaine pour suspicion de meurtre. Il prit un malin plaisir à poser d'interminables questions, à faire tomber un stylo ou à perdre le fil de l'interrogatoire, comme pour retarder au maximum la fin de la garde à vue. Jean-Luc tenta également de proposer une liasse de billets à son interlocuteur mais la réaction de son avocat s'avéra encore plus vive que celle du policier. Maître Volberg pointa du doigt la caméra de surveillance et indiqua à son client sur un ton très rude qu'une accusation de tentative de corruption sur un agent de police était presque plus grave qu'un meurtre.

— Vous croyez pouvoir contrôler la situation, Collet, le sermonna l'homme en bleu. Vous croyez pouvoir tout acheter. Mais quand on se fait pincer braquant une arme sur un pauvre homme à terre dans une agence bancaire à seulement quelques mètres d'un cadavre, croyez-bien qu'à part vous payer un excellent avocat, ce qui semble déjà être le cas, vous ne pourrez acheter personne, et encore moins la police.

Ensuite, comme vous l'a très justement montré Maître Volberg, attention à ce que vous dites ou faites, vous êtes filmé. Et je suis sympa de vous le rappeler.

— En parlant de caméra de surveillance, objecta l'avocat avant que son client ne pût avoir le temps de s'agacer, ce qui lui aurait davantage porté préjudice, nous nous demandions si vous aviez eu accès aux vidéos de l'agence bancaire. Cela serait certainement plus simple pour mettre définitivement un terme à cette suspicion.

— C'est bien là le problème. Je ne serais pas là à poser des questions à votre client si cela avait été en sa faveur. Les deux vidéos nous ont été transmises. Et le moins que l'on puisse dire, c'est que les images ne rendent pas service à monsieur Collet.

L'officier de police judiciaire détourna le regard des yeux de l'avocat pour se plonger avec mépris dans ceux du suspect.

— D'abord, vous n'hésitez pas à passer devant Gérard Faucon pour entrer le premier dans l'agence. Bien le genre de quelqu'un qui veut commettre un délit sans perdre de temps, non ?

— Puisque je vous dis que je me dépêchais pour régler mon problème de chef cuisinier bloqué au Digistan par les grévistes !!! pesta le célèbre publicitaire.

— Le meilleur alibi que j'ai jamais entendu, ricana l'agent en tapant sur son clavier la déposition de son interlocuteur. La caméra qui fait face au guichet était malheureusement mal orientée. On ne peut voir que le bas de vos corps.

— Ah ! s'exclama Jean-Luc.

— Pas la peine de faire « ah » ! Croyez-moi, il n'y a pas besoin de voir votre visage sur la vidéo pour comprendre que vous avez sans aucun doute tué un homme.

Face à tant de mépris, le publicitaire était fou de rage. Son avocat insista pour voir l'enregistrement. Sur le petit écran de la gendarmerie, on pouvait visionner la scène du crime. Au grand dam de Maître Volberg, sans le haut du corps, les images mises bout à bout, Collet pouvait effectivement passer pour un meurtrier et Faucon pour une victime. Les pieds de Collet qui trépignaient d'impatience tandis qu'il parlait au guichetier, Faucon qui s'approchait de lui comme pour l'empêcher de commettre un crime, Collet qui chutait comme pour se dégager du courageux Gérard avant de foncer à nouveau vers lui et le faire tomber... Tout laissait croire que Jean-Luc Collet avait sciemment attaqué le banquier et que Gérard Faucon avait tout tenté pour désarmer le millionnaire fou. À aucun moment, les images saccadées et mal orientées ne montraient l'arme tombant des mains de Gérard Faucon ni ce dernier sortant le revolver de son sac. C'était comme si la caméra de surveillance avait décidé d'achever le publicitaire innocent.

Collet se mit à pleurer. Vingt-sept ans qu'il n'avait pas lâché une larme et il n'avait fallu que huit heures de garde à vue pour que ses yeux en fussent à nouveau remplis. La dernière fois, c'était parce que son frère lui avait volé son jouet préféré. Aujourd'hui, c'était une autre forme d'injustice qui le désespérait. Il n'était pas coupable, il le savait du plus profond de son âme. Et on le traitait comme le plus mauvais des hommes, lui qui seulement deux jours auparavant avait été reçu en roi dans un hôtel cinq étoiles aux îles Véra. Où et quand s'arrêterait cet enfer ? La soirée d'inauguration attendue de tous comme LE challenge de sa carrière avait tourné au fiasco, il en était désormais certain. Le cocktail de sa vie était prévu pour 19 heures. Il était 20 heures. Résultat : pas un seul toast et un organisateur en garde à vue pour suspicion de meurtre. Les médias avaient sans doute déjà relayé l'affaire. Il fallait désormais attendre la révélation de la supercherie pour se reconstruire au plus vite, mais la route s'annonçait de toute façon longue et laborieuse. Les sanglots de Collet s'arrêtèrent et la rage les remplaça bientôt dans le rouge de ses yeux. Assisté de deux collègues, l'agent de police accompagna un Jean-Luc Collet au bout du rouleau, bien loin de l'image d'Épinal qui collait d'habitude à sa peau, vers sa cellule où il passerait la nuit.

***

Après vingt-quatre heures de soins à l'hôpital, ce fut un Gérard Faucon tout requinqué qui passa la porte du commissariat où il était convoqué au petit matin. La nuit lui avait porté conseil. L'attention qu'il avait reçue de la part des infirmiers, qui le voyaient comme celui qui avait survécu au pétage de plombs de l'homme le plus célèbre du quartier, avait flatté son ego. Lui qui n'avait jamais entendu de compliments à son égard savourait chacun de ceux qu'il recevait depuis la veille. Et plus il en recevait, plus il ressentait le besoin d'en recevoir. Privé d'alcool et de jeux d'argent, par la force des choses, Gérard s'accrocha à cette source de bien-être que provoquaient les éloges d'inconnus. Il était prêt à tout pour prolonger au maximum cette douce sensation. Des idées plein la tête, Gérard franchit la porte blindée du bureau de l'officier de police, accompagné de son avocat commis d'office. L'accueil trancha avec celui réservé au publicitaire. Un café lui fut servi et on l'aida à s'asseoir. Pourtant, lui aussi était suspecté. C'était la règle. Chaque personne présente sur les lieux du crime était potentiellement coupable. D'autant qu'on avait retrouvé ses empreintes sur le revolver et des résidus de poudre dans ses cheveux et sur ses mains. Heureusement pour lui, ayant attrapé l'arme juste après le coup de feu, Collet en avait tout autant sur ses propres doigts. Après le long interrogatoire de Collet la veille et une garde à vue limitée à douze heures par ordre du magistrat, l'officier alla droit au but.

— Que veniez-vous faire à l'agence de la Caisse de Panne ce matin-là ?

— Je venais de recevoir un courrier qui disait que j'étais interdit bancaire. Alors je cherchais à comprendre comment m'en sortir. Pour vivre quoi.

— Vous étiez énervé ?

— Forcément un peu… Gérard rougit et baissa la tête. Mais j'ai pas vraiment eu le temps d'être en colère…

— Parce que ? Le policier s'arrêta de taper au clavier et fixa Gérard Faucon, dans l'attente d'un scoop.

— Bah ce type-là, lâcha Faucon en tremblant, le publicitaire, il a tiré sur le guichetier !

— Pourtant, il semblerait que vous ayez touché cette arme. Comment l'expliquez-vous ?

Les yeux de Gérard furent comme ravivés par une flamme qui ne les lâcha plus. Lorsqu'il buvait un verre de whisky, Faucon ressentait cette même ivresse. L'ivresse de ne pas pouvoir s'arrêter.

— J'ai essayé d'lui arracher des mains, pour l'empêcher de tirer à nouveau ou d'tuer un autre banquier, mais rien à faire, il tenait serré le gars, répliqua-t-il sur un ton plus assuré que jamais. Et alors j'lui ai dit « vous avez vu ce que vous avez fait ! Vous avez tiré sur un innocent ! Moi je suis ruiné, j'ai rien à perdre, tuez-moi plutôt ! » et c'est là que vos collègues sont arrivés. C'était trop tard, le type de l'accueil était déjà mort.

Mi-admiratif, mi-dubitatif, l'officier de police insista.

— On a retrouvé vos empreintes sur la détente de l'arme, quand même, monsieur Faucon...

— Bah oui parce qu'avant et même après le coup de feu, j'ai tout fait pour lui retirer le flingue des mains, je vous dis ! Alors dans la bataille, qui sait si mes doigts ont pas ripé sur la gâchette ! Ah ça, c'est bien possible, m'sieur l'agent ! Mais c'est pas pour autant que j'lai eue, c'te foutue arme. Il m'a visé d'ailleurs, vous avez bien vu !

Face à tant d'intrépidité de la part d'un homme si banal, l'agent resta coi. Puis il reçut un appel téléphonique qui le fit sortir de son silence. Un élément d'une importance capitale dans le déroulement de l'enquête venait de tomber.

Tout s'enchaîna alors très vite. Il s'avéra en effet, par des témoignages de la famille du défunt ainsi que par la principale intéressée, que le guichetier décédé ce 5 juin 2033 n'était autre que l'amant d'Anne-Caroline Collet. Un hasard qui se retourna définitivement contre Jean-Luc Collet, déjà sévèrement inquiété par ce flagrant délit de port d'arme. L'homme eut beau clamer son innocence à chaque prise de parole, les circonstances de l'affaire, combinées au nouveau penchant pour le mensonge développé par Gérard Faucon, étaient bien trop à charge contre lui pour qu'il ne pût les récuser. Les témoignages des deux banquiers qui affirmaient avoir entendu le coup de feu à peine cinq secondes avant de découvrir Jean-Luc Collet pointant l'arme vers Gérard Faucon signèrent le point de non-retour pour la défense du publicitaire. L'engouement du peuple pour cette affaire ne facilita en rien la condition de l'innocent sur qui le piège semblait se refermer de plus en plus, à mesure que le verdict du procès approchait. Sa veste encore tachée par les œufs qu'il avait reçus le matin même à son arrivée au tribunal, Jean-Luc Collet écouta avec attention la délibération du juge d'instance.

— Après l'étude approfondie des éléments qu'elle a eus en sa possession, la cour a délibéré. Je requiers donc une peine ferme de vingt-deux ans d'emprisonnement à l'encontre de Jean-Luc Collet, jugé coupable pour le meurtre de Bastien Ducros.

L'injustice. Voilà un sentiment nouveau pour Collet. Un sentiment qui ne le quitta plus. Sous le choc de sa condamnation, Jean-Luc se laissa traîner sans aucune résistance par les hommes qui le menèrent vers le fourgon pénitentiaire.

Quant à Gérard Faucon, les bribes de culpabilité qui commençaient à le submerger en voyant cet individu se faire condamner à sa place s'effacèrent aussitôt qu'il sortit du tribunal. Assailli par les questions des journalistes, aveuglé par les flashs des appareils photo et émerveillé par les sourires qu'on lui offrait, Gérard mit définitivement au placard son ancienne vie à partir de cet instant.

Au lieu de ses habituels plateaux-repas devant la télé, Gérard Faucon fut invité sur les plus prestigieux plateaux de télévision. Chaque fois, il développait un peu plus son récit héroïque désormais bien structuré : il avait tout de suite vu que le meurtrier allait sévir mais sa santé fragile l'avait empêché d'attraper le revolver avant le coup fatal, et même après. Prêt à sacrifier sa pitoyable vie, Faucon n'avait alors pas hésité une seule seconde à se laisser tuer par Collet pour permettre aux banquiers de s'enfuir pendant ce temps. À chaque déclaration, Gérard recevait de nouveaux messages de soutien venant de tout le pays. Le chef d'État lui avait même attribué la Légion d'honneur et avait tenu à lui verser une prime pour son comportement exemplaire.

Son franc-parler lui permit de se faire proposer un contrat de chroniqueur à la radio qu'il accepta avec grand plaisir. Sa femme mit peu de temps à revenir et, comble du bonheur pour Faucon, les membres de sa famille qui lui avaient jusque-là tourné le dos refirent surface. Cinq années plus tard, alors qu'elle se réveillait enfin de son coma, la mère de Gérard eut la bonne surprise d'apprendre la réussite de son fils unique. Elle et lui réapprirent à se connaître et à s'aimer.

Tout semblait rouler pour Gérard Faucon. Du haut de ses cinquante-deux ans, bien entouré et soutenu à chaque épisode de sa vie, il ne culpabilisa pas une seule seconde à l'idée d'avoir gardé si longtemps un tel secret. Ce mensonge l'avait sauvé. La liberté l'avait sauvé. L'amour qu'il recevait continuellement, les compliments qu'il ne cessait d'entendre contrastaient tellement avec les trente premières années de sa vie qu'il s'était promis de ne plus jamais replonger dans ces douloureux souvenirs.

D'ailleurs, le cerveau étant bien fait, Faucon semblait avoir perdu la mémoire sur tout ce qui s'était passé avant ses trente ans. Quant à la fameuse affaire de la Caisse de Panne, Gérard avait tellement mis de conviction dans le récit de sa version pendant ces vingt-deux dernières années qu'il en était désormais convaincu lui-même. Sa confiance reboostée à bloc, l'ancien ouvrier d'usine en manque d'amour était devenu un homme comblé, populaire et définitivement détaché de l'alcool et des jeux d'argent. La reconnaissance des autres avait remplacé ses anciennes drogues.

***

— Et Jean-Luc Collet, il est devenu quoi ? demanda le petit Léo qui n'avait pas oublié sa question restée sans réponse. C'est quoi la prison ? redemanda-t-il.

— J'y viens, lui répondit Rami.

— Je suis sûre que c'est un endroit où on prend soin des criminels pour qu'ils n'aient plus envie de faire de bêtises, fit Justine, pleine d'espoir.

— Non, moi je dis qu'ils vont se rendre compte que Jean-Luc est innocent, fanfaronna Louison, confiante.

Rami reprit rapidement le cours de l'histoire avant que les fantasmes enfantins devinssent davantage optimistes. La tournure qu'allaient prendre les évènements de son récit était en effet bien éloignée des spéculations des élèves du Nouveau Monde.

***

Les vingt-deux ans que venait de passer Jean-Luc Collet n'eurent évidemment pas le même impact que ceux de Faucon. Ce n'était pas seulement l'incarcération à proprement parler qu'il avait eu le plus de mal à supporter. Avoir été enfermé à tort lui apparaissait comme la pire des punitions. Dans sa cellule de 9 m², qui était plus petite encore que le dressing de son immense maison, il devait dormir, uriner, manger et attendre. Selon les centres de détention dans lesquels il fut cloîtré, les conditions pouvaient varier. Mais même lorsque Jean-Luc tombait sur des gardiens qui l'appréciaient et lui apportaient une télévision ou un soda de temps à autre, la prison restait la prison. Quatre murs et des barreaux aux fenêtres, voilà ce qui dominait l'ensemble. Même décorés de fleurs et de fresques multicolores, les quatre murs et les barreaux l'emportaient toujours dans l'esprit de Jean-Luc.

Les visites de ses proches le faisaient tenir et sombrer en même temps. Heureux de garder un contact avec l'extérieur, il était chaque fois plus déprimé lorsque ses visiteurs repartaient. Sa femme, Anne-

Caroline, n'était venue lui rendre visite qu'après six mois de détention. Une attente interminable pour le condamné. Lorsqu'elle apparut enfin derrière la vitre du parloir, elle semblait plus gênée qu'heureuse de retrouver son mari. Sans un mot, elle lui tendit un papier de divorce à signer. Jean-Luc eut beau lui répéter qu'il lui pardonnait son infidélité et qu'il n'avait jamais tué le banquier, Anne-Caroline resta de marbre. Au bout de trente minutes, Jean-Luc signa le fameux papier et les gardiens firent sortir son ancienne épouse. À mesure que les années avançaient, les visites s'amoindrissaient. De ses deux enfants, seul Thomas croyait secrètement en l'innocence de son père. Tous les autres membres de la famille se rangèrent peu à peu du côté de l'opinion. Le frère du condamné avait repris la main sur les agences de l'ancien publicitaire et dès lors, ce dernier ne semblait plus exister. Dans la famille Collet, Jean-Luc était une vilaine tache à dissimuler par tous les moyens.

En prison, si la solitude était terrible, la promiscuité l'était davantage. Un jour, le détenu fut transféré dans une cellule déjà occupée. Le prisonnier qu'il découvrit alors affalé sur le lit du dessus n'avait rien du colocataire idéal. Loin d'être dupe, le surveillant de prison qui accompagna Collet ce jour-là referma la porte de la cellule aussitôt sa tâche terminée, tant la tension était palpable dans le cube de béton. Jean-Luc s'assit sans un mot sur le lit inférieur et sans rien comprendre, sentit une immense douleur lui parcourir la mâchoire. Son voisin de cellule, un grand gaillard aux bras longs, venait de lui administrer un coup de poing bien placé depuis le couchage supérieur. Durant les six mois de confinement à ses côtés, Jean-Luc Collet eut droit aux pires sévices, le premier coup de poing n'ayant été qu'un délicat avant-goût. Après ces scènes d'humiliations, de cruauté et de viols répétés, le malheureux fut bien content de quitter la cellule infernale.

Couvert d'hématomes, il fut alors guidé vers une nouvelle cage. Malgré les barreaux aux fenêtres, Jean-Luc fut rassuré de ne rien y voir d'autre. Mais contrairement à ses espérances, la suite de son emprisonnement ne fut jamais de tout repos. Car lorsque ce n'était pas un voisin de cellule timbré, c'était un maton agressif auquel Collet fut confronté. Victime de sa popularité, ou plutôt de l'image impopulaire qui lui collait à la peau, et du sadisme de certains surveillants, il subit de nombreux déchaînements de violence. Il recevait régulièrement des gifles et des coups de pied des gardiens de prison. Plusieurs fois, en pleine nuit, il fut même traîné dans une salle sombre par des matons qui lui infligeaient alors les pires tortures. Crâne écrasé sous les chaussures de sécurité, tabassage, déshabillage forcé en plein hiver, coups de matraque sur le ventre : Jean-Luc Collet semblait avoir tout enduré et ne faisait plus confiance en personne. Même les transferts entre les centres de détention étaient musclés. Pieds et mains liés, il ne pouvait que supporter les coups et patienter que la douleur cessât enfin.

Les rares fois où il se trouvait au calme, Jean-Luc Collet s'agrippait aux barreaux de sa fenêtre et tentait de regarder le plus loin possible. Tel un oiseau en cage, après une génération de privation de liberté, il commençait à douter sur sa capacité à voler. Allait-il pouvoir réapprendre à vivre, une fois libre ?

C'était le jour J. Barbu, la peau grise, Jean-Luc Collet ne ressemblait en rien à l'homme tout pimpant qu'il était avant sa condamnation. Il avait cinquante-deux ans mais en paraissait soixante-dix. S'il avait changé physiquement, c'était son intérieur qui s'était le plus métamorphosé. Vidé de tout sentiment positif, il était rempli de haine et de dégoût pour l'humanité. Dans le hall de la prison, on lui rendit les affaires qu'il portait vingt-deux ans auparavant avant de le relâcher. Personne n'était venu le chercher et Jean-Luc Collet se trouva seul dans un monde qui lui paraissait hostile. Vêtu d'un costume cravate, l'homme aux cheveux ébouriffés n'en croyait pas ses yeux. Toutes ces lumières, tous ces bruits, tous ces gens, ça lui faisait tourner la tête. Il intercepta un taxi pour se rendre dans son quartier natal. Lorsque le chauffeur lui demanda de payer avec une puce électronique dans une devise qu'il ne connaissait pas, Jean-Luc prit conscience du temps qui s'était écoulé. Il s'enfuit de la voiture et se retrouva au beau milieu d'une foule de passants. Il se sentit comme un étranger dans un pays lointain. Lointain et hostile.

Collet marcha, marcha encore et observa les façades des immeubles. Tout avait bien changé. Les yeux en l'air dirigés vers les fenêtres du quartier, il fonça sans le vouloir dans un homme absorbé par son téléphone portable. Tous deux se rentrèrent dedans et s'excusèrent machinalement. Leurs regards se croisèrent inévitablement avant de reprendre leur chemin. Mais il leur sembla alors impossible d'avancer. Leurs visages ne leur étaient assurément pas inconnus. Tandis qu'il fut difficile pour Gérard Faucon de reconnaître Jean-Luc Collet, ce dernier n'eut aucun mal à mettre un nom sur celui qui lui avait volé vingt-deux ans de sa vie. Pourtant, fraîchement peigné, Faucon était bien loin de l'homme alcoolique et négligé que Collet avait vu tuer un homme dans l'agence bancaire. Mais on n'oubliait pas son pire ennemi. Celui dont le regard avait pourtant été vidangé de toute émotion par les années de prison se sentit soudain submergé par une fureur incontrôlable. Comme dans la salle d'interrogatoire, la rage colora ses yeux d'un rouge ardent. Dans la frénésie de l'instant, il sortit de ses poches la première chose qui lui tomba sous la main, un stylo, et se jeta furieusement sur un Gérard tétanisé. Lui qui avait complètement occulté son passé semblait comme glacé par une vague déferlante de souvenirs. Habité par la violence, Jean-Luc Collet s'acharna sans difficulté sur sa victime, qui n'eut ni le temps ni la capacité de réagir. De toutes ses forces, il enfonça le stylo dans le torse de Gérard Faucon et tandis que celui-ci se tordait de douleur, Collet en profita pour lui assigner une série de coups de poing dans le crâne jusqu'à ce que des passants réussissent à le maîtriser.

Un poumon perforé, Gérard Faucon décéda rapidement. L'ex-publicitaire fut à nouveau condamné pour meurtre, sans erreur judiciaire cette fois. L'ancien innocent accusé à tort, tantôt privé de liberté, tantôt maltraité, tantôt mal-aimé, devint ainsi un criminel assumé. Il passa le reste de sa vie en prison, chaque jour d'enfermement le tuant davantage.

CHAPITRE 11
Liberté et servitude

Les enfants avaient écouté avec une vive attention le nier récit de Rami. Ils avaient été particulièrement touchés par l'incarcération de Jean-Luc Collet. Eux qui avaient toujours voyagé avec leurs parents sans jamais être freinés dans leurs périples, ni par une barrière, ni par une frontière et encore moins par des barreaux, ne pouvaient imaginer l'horreur d'un enfermement. Surtout dans un espace si restreint !

À l'époque où ils vivaient, la sanction était une notion tout à fait surprenante. Sans trouble, sans nuisible, elle n'avait pas lieu d'être. Bien sûr, dans cette vie parfaite, il y avait forcément des exceptions. Des gens ennuyés, des gens rabat-joie. Un peu comme le schtroumpf grognon au milieu d'un groupe rieur. C'était une minorité. La plupart des peuples étaient heureux. Instinctivement, les uns et les autres avaient pris l'habitude de respecter les règles innées du savoir-vivre sans jamais les outrepasser. Ou le moins possible. Mais si d'aventure elles étaient enfreintes, la prison n'était pas la punition. La peine encourue ne prenait d'ailleurs pas la forme d'une sanction mais d'une aide psychologique. Au vu du nombre insignifiant de crimes par année, il était clair qu'à proportion égale, la liberté générait plus de paix que la prison n'avait supprimé de violences, en son temps.

Malgré leur compassion pour l'homme emprisonné à tort, les enfants commençaient à se perdre d'un point de vue chronologique.

— Je ne comprends pas bien, fit Merlin, un jeune garçon qui ne parlait pas souvent mais dont les interrogations se faisaient si persistantes qu'il lui était finalement impossible de ne pas les exprimer. Comment cette histoire a-t-elle pu avoir lieu si les armes tiraient des fleurs ? Gérard Faucon n'a pas pu tuer le banquier !

Paul suivit Merlin le téméraire et posa une autre question.

— Et comment se fait-il qu'il y ait un riche et un pauvre dans cette histoire ? Je croyais que l'argent avait été banni ! Rami décida de couper court aux questions.

Effectivement, ce programme scolaire était loin d'être le plus structuré. L'instituteur le savait. Toutefois, dater des sujets déjà complexes n'aurait pas éclairé le débat. Une petite mise au point s'imposait.

— Ne cherchez pas à suivre un ordre chronologique, fit Rami à ses élèves. Les textes ont été choisis pour leur propos et non pour leur époque. Chacun de ces récits doit être entendu comme un conte. Il s'agit de démontrer, par des évènements précis, parfois des anecdotes de l'histoire, que les créations humaines, lorsqu'elles sont poussées à l'extrême, sont néfastes. L'objectif est de montrer que certaines situations peuvent devenir absurdes lorsqu'elles sont exagérées. Concernant cette histoire d'homme accusé à tort devenant lui-même criminel, ce n'est qu'un exemple parmi tant d'autres. De nombreuses personnes ont malheureusement été enfermées à cause d'une erreur judiciaire. Certaines, même, ont été condamnées à mort alors qu'elles étaient innocentes. Cela fait partie du jeu de la justice et du tribunal. Aucune institution n'est parfaite. Et la prison a longtemps été reconnue comme la punition la plus efficace après l'abolition de la peine de mort. Mais comme vous avez pu l'entendre, elle avait aussi ses limites. C'est la multiplication de ces situations injustes qui a fait naître le débat sur la légitimité de l'emprisonnement. Les hommes se sont alors penchés sur la question des bienfaits que ce système punitif pouvait ou non engendrer.

Rami se leva de sa chaise et traça sur le mur une ligne représentant le temps. Il y inscrivit les dates importantes afin que ses élèves se situassent plus aisément.

— Les plus grands changements dans notre style de vie ont principalement eu lieu à partir de l'an 2160, reprit-il. Avant cela, malgré les multiples injustices et tragédies humaines, nos ancêtres n'ont pas su remettre leur système en question. Il a fallu attendre d'immenses catastrophes pour finalement n'avoir d'autre choix que d'abolir certaines institutions telles que la Justice. Ou l'argent. Ou bien d'autres sujets de ce genre. Vous l'avez vu, c'est l'intervention d'un peuple extraterrestre qui a poussé les humains à se poser véritablement la question de savoir s'il ne fallait pas commencer par soigner leur propre planète. Tous les chapitres du programme sont intrinsèquement liés. Il n'y a pas de guerre sans pouvoir, il n'y a pas de pouvoir sans argent, il n'y a pas de crime sans arme. C'est pourquoi toutes ces créations de l'humanité ont pris fin à quelques années d'intervalle, comme une rangée de dominos, l'une entraînant la chute de l'autre. En bref, ne voyez pas ces récits comme des dates à retenir mais comme des leçons à tirer.

Le monologue de l'instituteur provoqua un silence empli des plus bruyantes réflexions. Les cerveaux étaient criards tandis que la salle de classe n'avait jamais été aussi insonore. Seul un gargouillis de ventre rompit le silence.

— La nature a parlé, fit Rami. Nos estomacs ont faim, il est temps d'aller manger.

Toute la petite troupe prit le chemin de l'orée du Bois Étoilé. Les enfants avaient amené leurs propres repas et déballaient leurs pochettes de nourriture sous les yeux envieux des animaux.

— Cédric, arrête de donner toute ta salade à ce lapin, tu vas encore te plaindre d'avoir faim tout à l'heure, s'exaspéra Rami. Le jeune bambin prenait plus de plaisir à nourrir la population animale du quartier qu'à se remplir le gosier.

Les enfants engloutissaient les mets concoctés par leurs parents dans un cadre des plus magnifiques. Certains étaient assis sur des branches d'arbres, d'autres dans l'herbe fraîche. Riz, lentilles, cakes salés, sandwichs, tous mangeaient leurs plats faits maison plus colorés que les autres. La seule teinte qui ne faisait pas partie de l'arc-en-ciel nourricier était celle du sang. Personne ne mangeait de viande. Pas même de poisson. Voilà des générations que les animaux ne faisaient plus partie de l'alimentation. On ne pouvait pas être amis avec des lapins et les manger. On ne pouvait pas partager une planète avec des moutons, des chevaux et des vaches et leur dévorer les cuisses. Ces méthodes étaient inimaginables pour les enfants comme pour les adultes. L'humain étant considéré comme un animal non cannibale, les autres espèces étaient logiquement traitées comme des colocataires. Ainsi, il était question de cohabiter dans le plus grand respect possible des uns et des autres. Les hommes avaient cette capacité de réflexion et décision qui leur permettait de faire ce choix-là, justement. Et il y avait tellement de quoi manger dans la nature ! La végétation n'avait en effet jamais été aussi dense et variée à l'état sauvage qu'en ce temps-là.

En fin de repas, Rami leur proposa sa tarte salée. Son stress lui avait coupé l'appétit. Malgré leur ventre arrondi, les petits gourmands engloutirent le repas de leur instituteur jusqu'à la dernière miette. La veille, ce dernier avait relu le conte qui devait suivre et l'idée de le raconter à ses élèves l'angoissait sérieusement. Certes, leur innocence avait déjà été largement amoindrie par les leçons précédentes. Mais avec la prochaine, l'instituteur savait qu'une nouvelle étape serait franchie. C'était tout un monde qui allait s'effondrer dans la tête des petits. Il ne servait cependant à rien de repousser les choses. Le programme scolaire avait été trop entamé pour faire machine arrière.

L'un des chapitres les plus délicats allait devoir être abordé. Dans l'appréhension, Rami préféra ne pas faire d'introduction.

Le ventre plein, les enfants fatigués par la digestion s'installèrent sans heurt à leurs chaises. Le puits de lumière, créé dans le toit végétalisé de la salle de classe, amenait une jolie teinte dorée au milieu du cercle d'élèves. Rami profita de la sérénité du moment pour se lancer. Il prononça le titre dont les mots sonnaient déjà difficilement : « Les sacrifiés ».

CHAPITRE 12

Les sacrifiés

Ferdinand était heureux. Dire que Ferdinand était heureux » était en fait superflu car son bidon dodu le prouvait déjà parfaitement. Il n'était donc ni malheureux, ni affamé. Jamais, pourtant, il n'avait eu l'occasion de comparer son bonheur à celui des autres. Jamais, finalement, il ne s'était intéressé à autrui. Sa vie lui convenait telle qu'elle était et il avait toujours vécu de cette manière. Alors à quoi bon ?

Un jour pourtant, sa curiosité – ou plutôt son mauvais caractère – rompit son agréable routine.

Il vivait au chaud dans une pièce cosy où la nourriture abondait. Sans avoir besoin de travailler, tout lui était servi sur un plateau doré. À toute heure du jour ou de la nuit, il était libre de vagabonder sans contraintes d'horaire. Il lui était même possible de chasser à volonté sur ses gigantesques terrains privés. Quand il se sentait d'humeur sociable, il lui suffisait de pousser le moindre son pour qu'un de ses nombreux serviteurs lui apportât eau et victuailles à profusion. En prime, il avait régulièrement droit à de longs massages thérapeutiques. Dès qu'il le souhaitait, Ferdinand pouvait faire la sieste sous une confortable couette en duvet d'oie, sur un luxueux matelas en cuir de veau. Chaque jour de l'année, Ferdinand était traité en roi.

Une seule chose nuisait à sa vie de pacha. C'était un bruit de fond continu et plutôt désagréable. La plupart du temps, il n'y prêtait pas attention. Mais parfois, le bruit s'amplifiait et l'empêchait de dormir. Et quand on l'empêchait de dormir, Ferdinand était ronchon.

Le souci étant que ses domestiques et lui ne parlaient pas la même langue, il lui était impossible de leur demander de faire cesser ce vacarme. Il avait beau s'agiter dans tous les sens, tourner en rond ou faire les gros yeux, chacun de ses signes était pris par ses laquais comme des appels à la nourriture. Ils lui servaient donc des mets toujours plus appétissants les uns que les autres, ce qui, au lieu de calmer ses ardeurs, ne fit que l'irriter davantage. Car Ferdinand ne supportait pas l'idée de se voir refuser une volonté.

Un jour où le tapage ambiant était devenu plus qu'insupportable, il tenta le tout pour le tout et déféqua sur la table de la cuisine. Il comptait sur l'odeur pour faire la lumière sur le bruit. Bien qu'il fût étonnant que le bruit ne se suffît pas à lui-même. Pour seule réponse, Ferdinand eut droit à l'installation de nouveaux WC tout propres.

Personne d'autre que lui ne se sentait donc gêné par cette nuisance sonore ? Même s'il paraissait lointain, le raffut qui parvenait aux oreilles de Ferdinand lui était plus que désagréable. Cela ressemblait à un mélange entre des grincements de machines non huilées et des hurlements de loups. Que faisaient-ils, à la fin, ces crétins de sous-fifres ? Avaient-ils donc besoin de hurler ainsi pour faire la cuisine ? De la bouffe, oui, mais en silence que diable !

Ce matin-là, après une nuit infernale à ne rien pouvoir faire d'autre que de supporter ce fichu barouf, Ferdinand se décida à y mettre un terme. Ses domestiques ne comprenaient rien ? Pas de doute là-dessus. Lui était plutôt du genre flemmard ? Indiscutablement. Tant pis : l'heure était au changement.

Assis sur son lit de prince, l'œil gauche grand ouvert, l'autre tenu fermé par une paupière gonflée, Ferdinand attendait son petit déjeuner de pied ferme. Après avoir englouti jusqu'à la dernière miette son plateau-repas, il se sentit enfin d'attaque pour mener l'enquête. Quand il s'agissait de savoir s'il faisait bon sortir de chez soi, la rondeur du ventre de Ferdinand lui servait d'indicateur. S'il jugeait sa peau abdominale suffisamment tendue, alors il se motivait à se lever. Si elle pendouillait encore un peu, il demandait une deuxième ration. Ce jour-ci, son ventre formait une boule si lisse et lourde qu'il lui fut difficile d'extirper ses fesses de son duvet moelleux. Une fois chose faite, il quitta sa chambre et se laissa guider par le son discontinu qui le hantait tant et depuis si longtemps. Plus celui-ci se faisait assourdissant et plus il avançait dans sa direction. Et vice-versa.

« Depuis quand les rois doivent-ils se charger de l'acoustique de leur propre palais ? » ironisa intérieurement Ferdinand en marchant nonchalamment vers la source sonore. « Depuis que les serviteurs sont devenus des tire-au-flanc, voilà depuis quand ! »

Il profita de son investigation sur la provenance du bruit pour découvrir des pièces de son immense demeure qu'il n'avait finalement jamais pris le temps d'explorer jusqu'alors. Il faut dire que le plus clair de son temps, il le passait dans sa chambre, depuis laquelle il se rendait sur sa terrasse et ses hectares de terres privées. Mais sa vaste maison lui était inconnue. Aussi étonnant que cela pût paraître, il s'agissait davantage du lieu de travail de ses serviteurs que de sa propre résidence. Chaque mètre parcouru apparaissait donc comme une découverte supplémentaire.

Après avoir passé un couloir et un vestiaire, il se retrouva dans ce qui ressemblait à un hall de garage. Un camion s'était garé en marche-arrière contre l'immense porte ouverte. Un veau, puis bien d'autres, en descendirent et furent immédiatement encadrés par trois des domestiques de Ferdinand. Ceux-ci les menèrent à la baguette vers un long couloir bétonné bâti au milieu de la pièce. Une fois tous les veaux placés en rang d'oignon dans ce long corridor obscur, un des employés poussa d'un franc coup de pied une barrière en métal. Celle-ci les empêcha de faire demi-tour.

Les veaux s'agitaient et beuglaient à l'intérieur. Leurs têtes dépassaient légèrement des murets en béton mais pas suffisamment pour pouvoir les franchir. Le bruit que Ferdinand cherchait à mettre en sourdine ne ressemblait en rien à ces ridicules jérémiades de bovins. Ce qui lui hérissait les poils jour et nuit s'apparentait à un son plus fourbe. Plus strident. Plus agressif. Un bruit qui semblait près et loin à la fois mais restait toujours omniprésent.

Ferdinand sauta laborieusement par-dessus l'un des murets et se faufila le long de la rangée de bêtes sans corne jusqu'au bout du couloir fermé. À la tête du cortège, une trappe clôturait les animaux de ferme et le son semblait s'échapper de derrière. Il y était presque.

Il tenta d'ouvrir la trappe de toutes ses forces, mais la faible musculature du précieux Ferdinand ne fit que la maintenir un peu plus fermée. À défaut d'un bras athlétique, il y posa donc l'oreille. Cette fois, il en était certain : l'abominable tapage provenait bien de la pièce mitoyenne. Il fallait que cela cessât. Il fallait faire couper le sifflet à ces hurleurs de bas étage. Sous le poids de la rage et de l'impatience de l'aristocrate grassouillet, la trappe fit balancier et se leva brusquement, tel un bouchon de champagne, faisant rouler Ferdinand à l'intérieur de la pièce mystérieuse.

Le son qui avait tant hanté son esprit lui explosa littéralement à la figure. Les cris – car il s'agissait bien de cris – giclèrent à ses tympans comme le sang à ses pieds. Les chocs métalliques des machines claquèrent à ses esgourdes tels des bombardements. Malgré la puissance sonore incommensurable qui tonnait à ses oreilles, Ferdinand fut davantage frappé par sa vision que par son audition. Ce qu'il découvrit dépassa tout ce qu'il avait pu imaginer. Et à moins d'être perturbé, comment imaginer une chose pareille ?

Dans une immense salle humide et chaude, des centaines d'animaux se tenaient la tête en bas, pendus par les pattes, défilant accrochés à des piquets mobiles. Ils étaient déplacés les uns à la suite des autres, dans un mouvement circulaire par une imposante machine robotisée. Si les derniers de la file gigotaient, les premiers étaient réduits à des moitiés de bovidés et, par la force des choses, ne pouvaient donc plus agiter quoique ce fût. Au milieu de la rangée de veaux suspendus, des dizaines étaient découpés pendant que d'autres agonisaient. Tous ceux qui étaient encore vivants hurlaient de terreur et de douleur, selon s'ils avaient déjà commencé à être démembrés ou non.

Ferdinand resta sans voix, hypnotisé par tant d'horreur. Impuissant, il laissait les images envahir son champ de vision. Tétanisé, il fut brusquement ramené à la réalité par un cri, humain cette fois.

— Allez oust le chat ! Retourne dans la salle de pause ! Ne me dis pas que tu n'as pas assez de chair fraîche… Tu as des tripes plein la gamelle !

À la vue de ce domestique cinglé, vêtu d'une blouse sanguinolente et d'un masque tacheté de rouge, lui hurlant dessus dans une langue incompréhensible, Ferdinand dressa le pelage tout entier avant de se faufiler par la trappe entrouverte. Dans sa course effrénée en direction de son abri confortable, il marqua un bref arrêt pour jeter un œil aux quelques veaux encore cloîtrés derrière lui dans le couloir de la mort. Le type en blouse rougeâtre s'était lui aussi hissé par la trappe et toucha l'arrière-train du premier veau avec un aiguillon électrique, ce qui fit tressaillir de douleur la bête. Celle-ci n'eut d'autres choix que de pénétrer dans la salle des horreurs. Ferdinand préféra retourner sur sa douce couverture plutôt que d'entendre la suite des évènements, qu'il se représentait déjà suffisamment bien. Depuis son lit douillet, Ferdinand ne put détacher son esprit de l'abominable endroit qu'il avait découvert. Au lieu du bruit, c'était désormais une odeur putride et des images morbides qui obsédaient la caboche du matou.

Le contraste entre l'oisiveté de ses journées et la violence qui se déployait à seulement quelques mètres de là laissait Ferdinand dans le trouble complet. Passé le choc, la situation s'avérait si inexplicable qu'il commençait à se demander s'il n'avait pas tout simplement rêvé. Le manque de sommeil l'aurait-il fait délirer ?

Il fallait qu'il retournât sur place pour mettre un terme à ses doutes une bonne fois pour toutes. Mais pas avant une bonne sieste et un repas copieux. Car il lui fallait des forces.

Le soir, la porte s'ouvrit et un de ses domestiques entra dans la salle de pause, l'air doux et servile, bien loin de l'image du bourreau que Ferdinand avait croisé dans la fameuse pièce le matin même. Cela le rassura quelque peu et il se dirigea confiant vers la gamelle qu'on venait de lui apporter. Les émotions de la journée l'ayant affamé, il engloutit la chair rouge en seulement quelques minutes avant de s'étirer. Trois coups de langue sur ses poils gris plus tard, Ferdinand se hissa sur la terrasse par la fenêtre mi-close.

Il décida de faire le tour du propriétaire. À l'arrière de sa grande demeure, il fut attiré par une odeur pestilentielle. Cela provenait des grosses bennes. Il s'en approcha, sauta sur le couvercle et entendit un son.

— Au secours ! Maman !

Une petite voix plaintive et étouffée venait de l'intérieur de la poubelle. Ferdinand se pencha de façon à regarder dans l'interstice. Au milieu des détritus, des intestins et autres excréments, au fond du bac à ordures, il aperçut une tête de veau qui émergeait de toutes ces immondices. Le petit semblait terriblement jeune et à peine né. D'ailleurs, ses phrases étaient celles d'un bébé.

— Que fais-tu là ? demanda Ferdinand.

— Maman morte ! Ventre ouvert. Humain jeté moi ici. Moi bobo ! Bobo moi !

Le veau pleurait.

Ferdinand, pourtant de nature égoïste, eut un haut-le-cœur, et pas seulement à cause de l'odeur. Mais le chat ne connaissait pas ce qu'était la tristesse et encore moins la compassion. Alors il quitta sans plus réfléchir le couvercle sur lequel il était juché. Haut-le-cœur peut-être, mais pas maître-nageur. Il ne restait de toute façon plus beaucoup de temps avant que le bébé se noyât dans les viscères de sa propre mère.

Dans son excursion autour du bâtiment, il croisa la route d'un de ses laquais qui traînait au sol ce qui ressemblait vaguement à des peaux d'animaux ensanglantées. L'homme portait un masque et une combinaison qui devait être blanche à l'origine, mais qui virait au rose. En le regardant dans les yeux, Ferdinand le reconnut immédiatement. C'était celui qui lui avait gentiment apporté à manger quelques minutes plus tôt.

Étrange ce type, pensa Ferdinand, avant de déguerpir.

Il arriva finalement devant l'une des grandes portes de son palais. Comme la veille, un camion était garé tout contre l'entrée. Mais ce n'était pas le même véhicule.

De celui-ci, des moutons sortirent. Ou plutôt tombèrent. À y regarder de plus près, un homme poussait en fait les ovidés depuis l'intérieur de la bétaillère avec le même genre de bâton qui était utilisé pour faire avancer les veaux vers la salle de torture.

Même si le scénario semblait se répéter, Ferdinand ne voulait pas encore admettre que ses majordomes, certes stupides mais loin d'être méchants, pussent être si cruels avec d'autres animaux. Il se laissa tout de même piquer par la curiosité et continua ses observations, bien que malsaines. Il en avait trop vu, il avait besoin de savoir. Et surtout de comprendre.

Il suivit donc discrètement les moutons en se faufilant entre leurs pattes. Les pauvres étaient loin de saisir ce qu'il leur arrivait, sauf que le champ de trèfle qu'ils s'étaient imaginé trouver à la sortie du camion était plutôt pauvre en végétation. Ils bêlaient des choses incompréhensibles. Car si la langue des bovins était plutôt facile à décoder pour Ferdinand, celle des ovins était un vrai bazar. Même sans pouvoir déceler le moindre mot, les bêlements des moutons traduisaient immanquablement un mélange de peur, de soif, de faim et de douleur. Il n'y avait qu'à voir le piteux état dans lequel ils se trouvaient. Entre les plus faibles qui venaient de se casser la patte à la sortie de la bétaillère, les plus malins qui percevaient la mauvaise atmosphère de cet endroit et les plus petits qui n'avaient pas réussi à s'abreuver de tout le trajet, la bonne humeur n'était au rendez-vous pour personne.

Les moutons furent entassés à l'intérieur du fameux couloir gris disposé au beau milieu du hall. Le gars au bâton donna un coup de pied dans le derrière du malchanceux qui se trouvait en queue de file avant de fermer la barrière en métal, piégeant ainsi l'ensemble des bêtes jusqu'à la fameuse trappe en métal. En voyant celle-ci, Ferdinand eut un nouveau coup au cœur. Il se cacha sur un rebord de fenêtre en hauteur pour observer la scène à distance.

La trappe s'ouvrit. Cette fois, aucun son ne provint de la salle qui se trouvait de l'autre côté. Ferdinand sursauta en voyant apparaître un nouvel homme en blouse. Ce dernier enjamba le muret en béton qui délimitait le couloir et remonta la rangée de moutons en bousculant tout le monde. Une fois derrière le premier animal de la file, qui faisait face à la trappe ouverte, l'homme flanqua à celui-ci un violent coup de bâton. Par réflexe, le mouton avança et la trappe se referma aussitôt derrière lui. Quelques secondes après, la scène se reproduisit : un second mouton fut introduit dans la salle, puis un suivant. C'est alors que le terrible bruit se déclencha et s'amplifia progressivement, à mesure que les moutons disparaissaient du couloir.

À contrecœur, mais parce qu'il en avait besoin pour réaliser qu'il ne s'agissait pas d'une hallucination, Ferdinand profita d'une levée de trappe pour s'engouffrer dans la salle des supplices. L'enfer tel qu'on l'enseignait dans les livres sacrés n'était rien face à l'atroce atmosphère qui y régnait. Le mouton qui venait d'entrer fut « assommé » à coups de matraque électrique. Il fut ensuite vulgairement accroché à un pic métallique, lui-même fixé à un rail en hauteur. L'animal avançait donc mécaniquement. Ses membres se mirent soudainement à s'agiter et ses yeux s'ouvrirent en grand. Au même moment, un autre homme, armé d'un couteau, égorgea le quadrupède d'un mouvement assuré. La tête restait accrochée au reste du corps car au lieu d'être coupée, elle avait simplement été entaillée. Assez pour que le sang s'écoulât et tachât la délicate robe blanche du mouton, comme pour imiter la blouse sanguinolente de son meurtrier. Les yeux de la victime se révulsaient tandis que le corps tremblant continuait sa route sur le rail circulaire. Un suivant avait déjà pris place entre les mains de l'égorgeur. Vidé de son sang, le premier mouton s'apprêtait à se faire dépecer.

C'en était trop pour Ferdinand. Carnivore d'accord, mais de là à être psychopathe, il ne fallait pas charrier. Quand lui tuait des souris, il se contentait d'une seule proie à la fois. Il n'était pas question d'un massacre à la chaîne tout de même. Un peu de bon sens. Bon, d'accord. Les souris étaient elles aussi égorgées, dépecées et même parfois écartelées. Il fallait être honnête. De retour dans sa cage dorée, Ferdinand tremblait sur sa peau de veau des coussinets à la tête.

La porte s'ouvrit. Derrière la gamelle pleine se tenait un homme que le matou reconnut immédiatement. C'était le même qui, quelques minutes plus tôt, égorgeait un mouton encore pleinement conscient. Malgré son envie furieuse de se jeter sur sa ration quotidienne, Ferdinand ne put s'empêcher de cracher à la figure de l'individu. De feuler, quoi, en d'autres termes.

— Hé bah alors minou, minou, tu as mal dormi ? Regarde ce que je t'apporte aujourd'hui ! Un bon cœur de mouton tout tendre !

L'homme posa la gamelle au sol et tendit la main pour caresser Ferdinand. Celui-ci griffa violemment le bras du tortionnaire qui sortit aussitôt de la pièce en geignant de douleur. Le chat fixa le contenu de son écuelle. Il posa délicatement une patte dessus. Le cœur était encore chaud. Pour la première fois de sa vie, le matou glouton aurait encore préféré manger une pâquerette avec les feuilles et la racine plutôt que d'avaler une miette de chair fraîche. Il détourna les talons et sortit par la fenêtre.

Ferdinand marcha, marcha encore, dans une direction inconnue. La distance qui le séparait désormais de la maison des horreurs n'était pas suffisante. Le bruit de fond résonnait toujours inlassablement dans sa tête. Les hurlements n'étaient pas simplement gênants à l'oreille mais tout bonnement insoutenables. Il n'était plus question d'en entendre ne serait-ce qu'une bribe.

Hébété et affamé après une heure de marche à travers champs, Ferdinand ne put s'empêcher d'engloutir une touffe d'herbes avant de s'écrouler finalement au sol. Il fut réveillé par des murmures.

— Tu veux mon avis, Polo ? Encore un qui a vu la vérité en face et qui l'a pas supportée.

— Vu l'herbe qui lui sort de la bouche, je pencherais pour la boucherie.

— Moi c'est le ventre qui pendouille qui me fait dire que de là où il vient, il y a de la bidoche.

Ferdinand ouvrit les yeux et tressaillit à la vue de deux chats siamois penchés juste au-dessus de lui.

— Bonjooooouuuuuur ! firent les deux matous en chœur. Même s'il en avait très envie, Ferdinand n'eut pas la force de se remettre sur ses pattes. Il resta donc couché sur le dos, les quatre fers en l'air. Il prit quand même la peine de cracher les brins d'herbe qu'il n'avait pas eu le temps d'avaler pour répondre.

— Bonjour... Où suis-je ? Qui êtes-vous ?

— Ah ! fit le chat de gauche à son voisin. Choc post-traumatique... Ça doit être pire que la boucherie, si tu veux mon avis.

— D'où viens-tu ? fit l'autre à l'attention de Ferdinand.

— Je... Je viens d'un immense palace au toit rouge par là-bas.

Sa queue désignait la direction d'où il venait. Les siamois comprirent immédiatement de quoi il s'agissait.

— Tout allait bien, reprit Ferdinand, jusqu'à ce que je découvre que mes domestiques torturaient des veaux et des moutons pour me nourrir.

Les siamois firent une grimace, à la fois de gêne et de dégoût. Ils s'assirent, comme pour marquer la gravité de la situation. Tandis que celui de gauche baissait la tête, celui de droite amorça une explication. Car il y en avait une.

— Bon... Déjà, il faut que tu saches que les serviteurs des chats ne sont pas toujours de gentils humains.

— Loin de là, chuchota son compère, toujours les yeux rivés au sol.

— Oui, ils nous donnent à manger, oui, ils nous caressent, continua le premier. Mais alors sur le plan de la cohérence et de l'équité, on peut dire qu'ils touchent le fond. Si pour la plupart des humains, les chats, les chiens, les chevaux et les dauphins sont des animaux sacrés qu'il faut soigner au maximum, les autres espèces n'ont aucune, mais alors aucune grâce à leurs yeux. Au plus haut de la hiérarchie des animaux tu as le chat, au plus bas, la poule.

— Ou l'araignée, fit le siamois de gauche.

— Ensuite, tu n'habites pas un palace, mais un abattoir.

Ferdinand fronça les sourcils, tout en laissant parler son étrange interlocuteur. Il était toujours sur le dos, les coussinets vers le ciel.

— Un abattoir, c'est un endroit spécialement créé pour tuer des animaux en masse, sans aucun sentiment, dans le seul but de remplir des magasins de viande. Estime-toi heureux d'avoir été nourri et bien traité et d'avoir eu une place pour dormir... Car il existe des exceptions. Certains hommes placent le chat exactement sur le même plan que le cochon ou l'huître. Dans certains pays, on nous saigne comme des agneaux.

Ferdinand eut subitement le hoquet, tandis que le siamois qui ne parlait pas se mit à se lécher l'arrière-train.

— Les abattoirs ne sont pas les seuls endroits où les animaux sont malmenés. Il existe par exemple les laboratoires où les humains brûlent les yeux des lapins avec des détergents, juste pour ajouter la mention « ne pas mettre au contact des yeux » sur l'emballage. Il y a aussi les cirques où les lions sont drogués, où les singes sont battus et où les ours, attachés de façon à les maintenir debout, sont condamnés à marcher sur leurs pattes arrière pour ne pas se pendre. Les delphinariums, c'est pas mal non plus tiens, je n'y pensais plus ! Les dauphins sont arrachés à leurs petits et à leurs familles, enfermés dans des bassins avec des congénères qu'ils détestent et forcés de faire des figures acrobatiques pendant vingt-cinq ans s'ils ne meurent pas de dépression avant. En liberté, ces mêmes mammifères auraient pu vivre quarante-cinq ans. Tu vois, je te disais que les dauphins faisaient partie des animaux sacrés, et bien l'humain est encore une fois incohérent. Ils le sont sur les posters, dans les dessins animés et dans le cœur de ceux qui ne voient pas la réalité en face. Comme le chasseur qui affirme qu'il lutte pour l'écologie alors qu'il ne fait que décimer les populations animales et tuer des bêtes qu'il a lui-même introduites. Il y a aussi les fermes où on prélève la bile des ours, les arènes où on poignarde des taureaux en public, des étables où on raccorde les vaches à des pompes pour prélever le lait de leurs mômes, des usines où on arrache la peau des crocodiles vivants, des bancs où on épile les lapins angoras sans anesthésie, des fonds marins où on jette des requins sans aileron, des zoos où on rend fous les animaux sauvages, des émissions de télé où…

— STOOOOP !

Dans le feu de sa narration, Filibert, le chat siamois, n'avait pas vu Ferdinand se lever. Car l'orateur, en plus de raconter ces horreurs, qu'il avait l'habitude de partager avec les chats de passage, avait un certain talent pour les mimer. Ronron, la langue encore pendue par sa toilette de popotin, fut lui aussi surpris par le cri de Ferdinand.

Les poils dressés, l'œil rouge, ce dernier était pour le moins remonté.

— Il faut faire quelque chose ! Je ne peux pas retourner vivre dans cet « abattoir »… Je ne peux pas revoir ces tarés d'humains… Moi qui

croyais être un prince... Je n'étais qu'un truc doux et poilu dans une salle des tortures !
— Miiiiiiihahahahawww, s'esclaffa Ronron.
— Pardonne mon ami, fit Filibert, mais il faut dire qu'on a vu nombre de chats traumatisés avoir la même réaction que toi. Certains finissent par s'habituer à l'horreur et à ne plus la voir, tout en appréciant de faire partie des espèces privilégiées. D'autres décident, comme nous, de rester libres, sans maîtres. Car oui, tes domestiques se considèrent comme tes maîtres, il faut le savoir. Perso, je suis anarchiste, alors les maîtres...

Ferdinand s'assit et réfléchit quelques minutes. La bouffe sans effort, c'était pas mal quand même. Mais ce bruit... Ce sang... Ces bébés torturés... Serait-il capable de faire abstraction, juste pour le plaisir du ventre ? Les domestiques c'était bien, mais des domestiques qui le prenaient pour un animal domestique... Ça s'avérait compliqué pour un chat royal. Car quoi qu'en disaient les autres félins, Ferdinand restait un chat royal dans son esprit. Et en tant que prince, il fallait faire un truc classe. Pas juste rester libre. Libérer, c'était mieux.
— Bon les gars, fit-il, soudainement plus affirmé que jamais. Vos prénoms, c'est quoi ?
— Filibert...
— Ronron...
— Ok. Moi c'est Prince Ferdinand. Fil, Ron, vous connaissez d'autres chats ?
— Et comment, répondit Filibert en jetant un œil aux poubelles du coin de la rue. HÉ! LES MATOUS ! hurla-t-il dans leur direction.
Une horde de chats de gouttière, plus ou moins grands, plus ou moins sales, fit irruption. Ferdinand sourit, dans la mesure du possible, comme si on venait de mettre à sa disposition une grande armée prête à obéir. Pris par l'extase du moment, il sauta –

difficilement – sur le capot d'une voiture pour prendre de la hauteur sur la foule de félins qui s'approchait de lui.

Salut, moi c'est Prince Ferdinand, dit-il. Ce soir, on va libérer des animaux d'abattoir, demain on va rendre visite aux animaux de laboratoire et les jours suivants, on s'occupe d'autres cas d'injustice. Ça vous va ?

Les chats, qui s'ennuyaient fermement dans leur quartier, il faut bien le dire, ne s'offensèrent pas à l'idée de recevoir les ordres d'un inconnu obèse par-dessus le marché. Au lieu de ça, ils accueillirent joyeusement cette occasion de se venger pour toutes les infamies humaines dont ils avaient pu être témoins.

C'est ainsi que le soir même, après avoir englouti quelques souris, tuées d'un seul coup de patte, un tas d'insectes, abattus avec le moins de souffrances possible, et une ribambelle de brins de pissenlits, les chats reboostés s'attaquèrent à leur première mission. Le groupe, mené par Ferdinand, trottina vers l'abattoir. Sur le chemin, la bonne humeur était au rendez-vous. Ils chantaient, riaient et répétaient joyeusement les slogans lancés par Ferdinand, du type « Libérons les moutons des mains de ces matons ! » ou « Stop à la torture, ouvrons les clôtures ! ». Une couronne d'épis de blé autour des oreilles, Ferdinand se sentait heureux de mener son groupe mais stressé à l'idée de retourner sur la scène de crime dont il s'était échappé. Dès qu'il aperçut le bâtiment au loin, au fond du champ de pâquerettes qu'il connaissait si bien, son cœur accéléra la cadence et les bruits de chaînes tintèrent à son esprit, ce qui le freina physiquement. Finalement, il s'immobilisa.

— Allez Ferdinand, un peu de courage, chaque seconde passée est un veau de plus qui meurt, lui souffla Filibert, tandis que les autres chats continuaient à marcher.

Les mots du siamois interpellèrent le pacha. Celui-ci rattrapa son retard en courant et arriva bientôt devant les grandes portes du hall.

Un camion était justement en train de s'en aller. Ferdinand se retourna alors vers ses compères pour récapituler la mission.

— Bon, on est bien d'accord. Vous restez là, j'attire l'attention des domestiques en sortant la panoplie de la mignonnerie et quand la voie est libre, vous vous occupez de la libération.

Tous miaulèrent d'approbation.

Ferdinand sauta sur le rebord de la fenêtre ouverte pour observer l'intérieur du bâtiment. Comme prévu, des animaux étaient entassés dans le couloir de la mort et s'apprêtaient à passer la maudite trappe. Cette fois, il s'agissait de cochons. Peu importait, d'autres occasions de sauver des veaux ou des moutons se présenteraient. C'était le moment idéal pour agir et Ferdinand ne perdit pas une seule seconde. Il était temps de sortir la fameuse « panoplie de la mignonnerie », une arme infaillible pour détourner l'attention des humains de leurs tâches les plus importantes. Ça marchait à tous les coups.

Le gros chat profita du passage d'un homme en blouse pour sauter à ses pieds. De surprise, l'ouvrier d'abattoir, qui était sur le point d'enjamber le muret en béton, sursauta et s'arrêta de marcher. Ferdinand se roula à ses pieds en ronronnant terriblement fort. Puis il émit le plus beau de ses miaulements et battit ses cils le plus rapidement possible. L'homme ne put résister à tant de manières et tomba immédiatement dans le piège du félin.

— Minou, minou ! Que fais-tu là, mon beau, on commençait à s'inquiéter ici ! Tu dois avoir faim, petit chat. Allez viens, je vais te donner de la bonne viande. Ces porcs peuvent attendre pour crever.

L'homme en blouse blanche porta Ferdinand dans ses bras comme s'il s'agissait d'un bébé et l'emmena dans la salle de pause. Entre deux battements de cils stratégiques, le chat lança un regard à la fenêtre du hall, contre laquelle étaient assis les deux siamois. Ceux-ci réagirent instantanément au signal et sautèrent dans l'immense pièce, bientôt suivis par la vingtaine de chats de gouttière qui attendaient à l'extérieur. Il fallait faire vite. Mais pour des chats errants habitués à chasser les rongeurs dans les hautes herbes, être rapide n'était pas un problème.

Une véritable chorégraphie s'articula sous les yeux étonnés des cochons enfermés. Un matou bloqua la porte de la salle de pause à l'aide d'une corde qu'il pendit à une poulie et enroula autour de la poignée. Pendant ce temps, un deuxième chat se posta contre la trappe, un bâton électrique dans la gueule, prêt à appuyer sur le bouton avec sa canine supérieure gauche si la moindre main venait à s'engouffrer dans le couloir bétonné. En parallèle, deux minets s'attelaient à ouvrir la barrière qui séparait les cochons du reste du hall, tandis que trois autres faisaient la courte échelle pour ouvrir le loquet de la grande porte principale. Les chats restants occupaient les rôles de guetteurs, de gardes du corps, de chefs de chantier et de policiers. Un oiseau, qui s'était engouffré par erreur dans le hall par la fenêtre fit immédiatement demi-tour à la vue de ce cirque de félins dangereusement agités.

Comme prévu, les chats firent sortir les cochons un à un par la barrière du corridor puis par la grande porte de garage, en file indienne. Les porcs, tellement angoissés par le mystérieux confinement du couloir bétonné et par les odeurs de mort qui les entouraient, n'eurent aucun mal à suivre des chats, tant qu'ils les menaient vers l'air pur et la lumière du soleil. Pendant ce temps, les félins de première ligne, imperturbables, exécutèrent parfaitement leur tâche. Celui affecté à la trappe n'eut besoin que de deux coups de canine bien placés sur le bouton de l'aiguillon électrique pour assommer l'homme qui avait tenté de pénétrer dans le couloir à porcs. Cela laissait au moins quelques minutes de répit. Les mêmes précieuses minutes qui permettaient à l'armée de chats de mener sa mission jusqu'au bout. Au même instant, la poignée de la porte de la salle de pause s'abaissa sous les yeux alertes de trois félins prêts à bondir au visage du traître si besoin. Mais ce ne fut pas nécessaire. La porte ne s'ouvrit que de deux ou trois centimètres avant de buter violemment contre le lien aussi tendu qu'un fil de funambule.

L'homme grogna et donna plusieurs coups dans la porte qui ne céda pas. Dans le doute, de plus en plus de chats se placèrent entre l'accès à la salle de pause et la file de cochons, jetant régulièrement un œil de chaque côté de la pièce.

Les derniers porcins marchaient d'un pas trop lent au goût des matous, métamorphosés pour l'occasion en matons. D'un regard et de deux miaulements brefs, ils se mirent d'accord pour faire avancer les choses. C'est que la corde n'allait pas tenir longtemps, pas plus que l'effet du choc électrique sur le tortionnaire en blouse blanche, de l'autre côté de la trappe.

Un chartreux aux oreilles cassées et un angora albinos se jetèrent toutes griffes sorties sur le dos du dernier cochon de la rangée. La surprise plus que la douleur provoqua chez le pauvre porc affaibli un véritable coup de panique. Il fonça dans la masse de boudins roses qui lui faisait barrage et tous s'expulsèrent du couloir étroit comme la poudre d'un canon, atterrissant aussitôt sur le parvis de l'abattoir au milieu des autres cochons.

Il était temps ! Le lien qui tenait la porte de la salle de pause fermée céda soudainement. Les chats, qui s'étaient déjà mis en position de chasseurs depuis quelques secondes, s'élancèrent et s'accrochèrent à l'unisson aux vêtements et au visage de l'ouvrier d'abattoir, si bien que celui-ci fut entièrement recouvert de poils, de coussinets et de moustaches. Les bras écartés, l'homme se déplaça à l'aveuglette dans le hall sous le poids des matous agrippés. Ferdinand sortit lui aussi de la salle de repos et, aidé par Filibert et Ronron, attacha la corde à l'un des pieds du « domestique » avant de le tirer par l'autre bout en direction du couloir de la mort. Le chat au bâton ouvrit la trappe juste au moment où l'homme, déséquilibré par la corde et le poids des félins, glissa au sol. Il fut tracté par les trois chats et ceux qui les avaient rejoints jusqu'à l'intérieur de la salle des horreurs, où son collègue était justement en train de se réveiller de son étourdissement. Celui-ci eut à peine le temps d'ouvrir les yeux que le chat à l'aiguillon lui flanqua un nouveau coup sur le crâne ainsi qu'à son confrère. Les félins purent enfin quitter les lieux, prenant soin de refermer derrière eux la barrière du couloir et la porte du garage, histoire de retarder encore un peu plus la réaction des humains lorsqu'ils se réveilleraient.

Les cochons étaient déjà loin dans les champs de pâquerettes quand les chats se félicitèrent du travail accompli.

Ce fut dans la bonne humeur qu'ils rentrèrent au bercail vers les poubelles de l'impasse Berthaud.

— On aurait quand même pu goûter à une cuisse d'humain, tant qu'on y était, plaisanta à moitié le chat le plus en chair de la troupe sauvage.

— Pas question qu'on soit aussi sournois qu'eux, répondit solennellement Prince Ferdinand, en tête du cortège.

Tous chantèrent et chassèrent insectes, mulots et brins d'herbe rebelles sur le chemin du retour.

Les jours suivants, d'autres missions tout aussi bien orchestrées rythmèrent le quotidien des chats de gouttière revanchards. Parmi leurs plus belles réussites, les matous pouvaient se vanter d'avoir libéré les singes, lapins et rats d'un laboratoire, provoquant le chaos général dans la ville. Ce jour-là, malgré la faim et la tentation, ils s'étaient fermement interdit de manger les rats, dans l'idée que si ces derniers avaient eu une vie misérable, ils avaient au moins le droit de profiter d'une fin de vie agréable et la plus longue possible. Les rats ayant d'ailleurs plus de chance que les autres espèces de survivre en ville. Les chats étaient également parvenus à s'infiltrer dans un cirque en pleine nuit et à ouvrir les cages des lions, chevaux, éléphants, dromadaires et autres phoques ou puces savantes. De nombreuses prisons pour animaux furent ouvertes, telles que des enclos de chiens de chasse, des pièges à renard, des usines à poules pondeuses, des filets de pêche, des vivariums d'animaleries, des cages à oiseaux et bien d'autres bagnes à bestioles.

Ce qui était bien avec ce genre de missions pour la sauvegarde des animaux, c'était qu'il y avait toujours de nouvelles idées, de nouveaux lieux à infiltrer. Du zoo public au clapier de ferme, il y avait plus de cages à ouvrir que de jours à vivre. La planète était truffée de prisons pour bestiaux.

Même s'ils n'en parlaient pas ouvertement, le moment le plus agréable pour les héros à quatre pattes restait indubitablement celui où les animaux en captivité faisaient leurs premiers pas de liberté. Les chats prenaient chaque fois un plaisir fou à observer cet instant magique qui leur arrachait d'ailleurs généralement une petite larme. Cette façon qu'avaient les poules de marcher pour la toute première fois sur un sol non grillagé. Ce regard que portaient pour la toute première fois les vaches vers le ciel. Ce joyeux bond qu'avaient toujours les jeunes agneaux lorsqu'ils pouvaient pour la toute première fois aligner deux pas sans toucher un seul barreau. La longue étreinte que ces deux chimpanzés émus avaient eue après avoir compris qu'ils étaient libres. Pour la toute première fois.

Du côté des félins traumatisés, ces libérations comblaient leurs vies de nomades et soudaient le groupe à mesure des escapades. Eux qui étaient libres au quotidien offraient aux espèces défavorisées la possibilité de connaître autre chose que l'enfermement, les coups et les néons, ne fût-ce que quelques minutes avant d'être abattus. Certains réussissaient tant bien que mal à se cacher dans la nature et à survivre plus longtemps. Mais même pour une seule seconde de délivrance, qu'il était beau de voir briller dans les yeux de tous ces animaux le reflet du soleil ! Percevoir le souffle du vent dans les pelages... Regarder les pattes se mettre à courir, les queues frétiller, les oreilles se dresser, les nageoires s'agiter, les babines se retrousser... Quelle joie de faire comprendre aux bêtes comme aux humains qu'un autre monde était possible, le temps d'un regard.

CHAPITRE 13

Servitude et fanatisme

Tous les enfants, sauf Léo, pleuraient. Rami avait préféré terminer la lecture de son conte plutôt que de l'interrompre pour consoler les élèves. Pourtant, les occasions de s'arrêter de lire avaient été nombreuses : Cédric avait renversé un verre d'eau, Babeth avait hurlé quand Paul lui avait tiré les cheveux et au fil du récit, les enfants s'étaient mis à sangloter les uns après les autres. Mais l'instituteur s'était dit que la fin heureuse remonterait un peu le moral des troupes et qu'il valait mieux ne pas cesser la narration avant d'atteindre la conclusion.

La fin avait beau être heureuse, les enfants restaient sous le choc. Rami était désemparé. Maintenant il se demandait comment il allait pouvoir consoler une quinzaine d'enfants en larmes avec seulement deux bras. Il n'eut d'autres choix que d'amorcer une discussion.

Il tenta de les faire rire.

— Vous avez déjà vu un chat parler ? Vous voyez bien que ce récit n'a aucun sens, il n'a certainement pas été basé sur des faits réels... Allons bon, les enfants, séchez vos larmes ! Les chats sauveurs d'animaux ne sont que des personnages inventés ! C'est fictif !

Les enfants redoublèrent de sanglots. Entre deux larmes, Justine s'exclama :

— On voudrait bien que ces chats existent justement ! Ce qui est triste c'est que les animaux aient pu souffrir autant ! Et ça, c'est fictif ça ? hurla-t-elle sur un ton presque lyrique.
— N... Non, ça, ça n'est pas fictif. Ça.
Les enfants se roulèrent par terre en pleurant toujours plus. Léo, qui était le seul à ne pas avoir réagi, céda finalement à la tristesse générale et versa lui aussi ses premières larmes.
— Les enfants, les enfants, articula Rami sur un ton qui se voulait paternel. Ce qu'il faut retenir, c'est que maintenant les animaux ne sont plus maltraités. Vous voyez bien qu'il n'y a ni laboratoire, ni cirque ni zoo ici ! Ce serait même plutôt l'inverse ! Quand on voit que les poules marchent sur nos toits, on se demande si ce n'est pas nous qui sommes légèrement exploités...
— Mais comment les humains ont-ils pu en arriver là ? demanda Jérôme d'un air non plus triste mais rageur.
Il en voulait à ces ancêtres décidément loin d'être de grands sages. Tous les enfants regardaient désormais fixement Rami, attendant de lui ne fût-ce qu'une bribe d'explication. Comme si leur instituteur était encore le seul qui pouvait leur donner une raison valable à tant de barbaries. Comme s'il avait pu lire dans leurs pensées, Rami leur répondit :
— Il n'y a pas de raison valable à tant de barbaries. C'est juste un enchaînement de faits en engendrant d'autres. Les humains ont toujours plus ou moins mangé des animaux selon les traditions des peuples, surtout lorsqu'ils ne pouvaient que chasser pour se nourrir. Et lorsqu'ils ne savaient pas que d'autres façons de s'alimenter étaient possibles. Pensant que la seule source de protéine était animale, et accros au goût de la viande, les humains ont continué à consommer des animaux car c'était dans leurs habitudes. Et puis l'argent n'y était pas pour rien non plus. Il fallait faire tourner les industries, les marques, les sociétés. Voilà pourquoi on en est venu à de véritables usines à animaux. Certaines étaient destinées à produire de la viande, d'autres, comme les laboratoires, à créer des produits ménagers ou

des médicaments. La chasse était même un sport de loisir, une tradition. Comme la corrida. Tuer des taureaux était une culture. Un art. Ce n'était pas comme aujourd'hui où on considère les animaux comme des êtres semblables à nous autres, les êtres humains. Vous réagissez de cette façon parce qu'on vous a toujours éduqués comme étant des cousins des biches, des oiseaux et même des papillons. Avant, les animaux étaient considérés comme des êtres inférieurs.

Les enfants ne pleuraient plus, ils étaient indignés. Ils ressentirent également de la curiosité et voulaient connaître en détail les différents types d'exploitation animale. La domestication. La pêche. Pour les calmer et parce que selon lui, il était toujours mieux d'en savoir trop que pas assez, Rami ne lésina pas sur les explications. Il leur décrivit l'industrie du cuir, celle des cosmétiques ou encore du trafic d'animaux. Il présenta les différents types d'élevage et d'agriculture, allant de l'utilisation de chevaux de trait aux usines à porcs. Il fit ensuite le lien avec l'esclavage, en expliquant qu'à l'époque où on utilisait des personnes noires pour tirer des charrues, très peu de gens osaient émettre l'idée que ce fût mal. Une toute petite minorité pensait que les hommes à la peau noire étaient exactement les mêmes que les hommes blancs et qu'il ne fallait pas les exploiter. Puis l'esclavage fut aboli. Tout comme l'exploitation animale dans les années 2160 après des siècles de militantisme. Désormais, si le spécisme – la hiérarchie des espèces – n'existait plus, ce n'était certainement pas grâce à un groupe de chats révolutionnaires et anarchistes, mais bien grâce à des associations militantes, des campagnes d'informations et surtout des prises de décisions politiques. La loi obligeant le remplacement de tous les murs des laboratoires, abattoirs et coulisses de cirques par des vitres transparentes avait tout de même bien aidé à faire évoluer les consciences.

Si les enfants de l'école du Bois Étoilé y voyaient à présent plus clair sur la condition animale des siècles précédents, cela avait également pris du temps. Plusieurs semaines de cours furent nécessaires pour que les élèves cessassent de faire des cauchemars à ce sujet. Rami pensa que le moment était opportun pour leur faire une confidence.

— Vous vous souvenez de la tarte salée que je vous ai laissé manger, il y a quelque temps, dans la clairière ? demanda-t-il en tremblant.

— Ah oui, moi je m'en souviens, répondit Justine. Elle était délicieuse !

— C'était une tarte au jambon, déclara-t-il.

— C'est quoi du jambon ? demandèrent à l'unisson les élèves.

— Une cuisse de cochon.

Les enfants éclatèrent de rire et attendirent la véritable réponse.

— Je rigole, annonça-t-il finalement, c'est une recette de tofu qui date du premier millénaire. Vous avez aimé ?

Tous s'accordèrent sur l'excellent souvenir de cette tarte et demandèrent à Rami de donner la recette du jambon à leurs parents. Lui leur assura qu'il le ferait dès que l'occasion se présenterait.

Le moment était venu d'amorcer le thème suivant. La servitude des êtres considérés comme inférieurs était une chose, le fanatisme à un être supposément supérieur en était une autre. Il était important que les enfants de l'an 3000 fussent mis au courant de l'existence des religions.

Alors que durant des milliers d'années, les hommes avaient longtemps eu foi en des livres sacrés et en l'existence d'un Créateur ou de maîtres divins, ça n'était plus le cas. Désormais, on croyait en soi et au mystère de la nature. On préférait admettre de ne pas tout comprendre, de ne pas savoir exactement ce qu'il se passait une fois mort, plutôt que de suivre un dogme religieux. Si les croyances en un être suprême n'avaient plus lieu d'être, c'était à cause des drames qu'elles avaient pu engendrer les dernières années avant leur interdiction. Les croyants étaient pour la plupart devenus des fanatiques totalement soumis à leurs obligations religieuses et s'étaient complètement égarés. Souvent, cela les avait poussés aux pires crimes, oubliant alors les messages d'amour et de paix pourtant censés diriger les plus grands courants spirituels.

Rami profita d'une discussion sur le fait que l'état inférieur des animaux avait été statué dans les livres sacrés pour introduire son cours sur les religions.

Le récit qui illustrait le mieux les dérives des croyances était intitulé : « Sous le ciel bleu d'Azur ».

CHAPITRE 14

Sous le ciel bleu d'Azur

Il y avait dans le quartier sud de Carzac-sur-Orne un homme d'une quarantaine d'années qui s'appelait Jaco. Il était ouvrier, marié, mais avant tout Azurier.

En ce temps-là, les Azuriers faisaient partie des croyants les plus importants de la planète. Ils avaient foi en un dieu, Azur, qu'ils représentaient par une tête de singe. Selon eux, Azur avait créé l'Homme, l'Univers, mais aussi lui-même, sans qui rien d'autre n'aurait évidemment pu exister.

Parmi les nombreux Azuriers du quartier, Jaco était incontestablement l'un des meilleurs. Il faut dire qu'il suivait à la lettre tous les préceptes du Livre Sacré, quel que fût le prix à payer pour cela. Chaque jour, il mettait son réveil à 3 heures du matin pour se prosterner devant sa petite statue de primate, toujours positionnée vers le Nord-Ouest, comme le voulait sa religion.

À 7 heures, juste avant de partir sur l'un de ses chantiers, il se lavait trois fois de suite, comme l'exigeait la Phrase 5638. Pour ne pas offenser Azur, il récitait un passage du Livre à chaque fois qu'il faisait pipi. Quand il devait aller aux toilettes plus longuement, il en récitait deux. Le jeudi, il se rendait comme tous les Azuriers à la pontinelle la plus proche. Cet oratoire religieux se tenait toutes les semaines à la même heure, sous des ponts décorés de toutes sortes d'objets religieux. Sous chacun d'entre eux, une femme – jamais un homme – décortiquait l'une des Saintes Phrases devant une foule de croyants attentifs. Jaco ne ratait aucune pontinelle, même s'il fallait pour cela renoncer au spectacle de fin d'année de son fils ou à un concert de Jimmy Flex, son idole. Il s'était bien sûr marié en bonne et due forme, sous un pont, en costume vert et bleu. Un mois par an, comme le voulait la tradition azurière, il s'arrêtait de dormir. Du moins, en apparence. En vérité, il s'endormait souvent les yeux ouverts sans même s'en rendre compte tant la fatigue accumulée devenait insoutenable. Dès qu'il s'apercevait qu'il s'était assoupi, il récitait une Phrase d'Excuse qu'il connaissait désormais par cœur. Il comptabilisait sur un carnet les heures passées sans dormir et prolongeait alors au besoin son mois d'Éveil pour atteindre les sept cent quarante-quatre heures imposées. Pour ce qui était des repas, Jaco n'avalait rien sans avoir préalablement remercié Azur. La cuisinière, elle, avait tendance à se remercier elle-même, ce qui exaspérait son mari. Lorsqu'il ne travaillait pas, il portait un serre-tête sur lequel était brodée une petite tête de macaque.

***

Alma, Capucine et Jacobine riaient tellement fort que Rami fut forcé d'arrêter sa lecture. Il ne s'entendait plus parler. Entre deux gloussements, la première réussit finalement à s'adresser à l'instituteur. Les yeux cernés, celui-ci écouta bon gré mal gré la petite Alma.
— Non mais, Rami, franchement, ne nous dis pas que nos ancêtres étaient des humains intelligents ! Si de nos jours, quelqu'un croyait qu'un macaque avait créé l'univers, on dirait qu'il a abusé des graines de volubilis !
— C'est vrai qu'il faut être sérieusement allumé pour croire à des choses pareilles, non ? pouffa Paul.

Rami garda son sérieux.
— Vous ne croyez pas si bien dire les enfants. Pendant des siècles et des siècles, les croyances de ce genre affluaient. Les trois quarts de la planète avaient foi en un Créateur.
— Remarque, ça peut être rassurant de se dire que c'est un type qui gère tout. Il n'y a plus de mystère, comme ça ! fit remarquer Jérôme.
— Je n'aurais pas mieux résumé la chose, jeune homme, le félicita son instituteur. D'ailleurs, en dehors des religions, de nombreuses autres sortes de croyances ont longtemps permis de rassurer ou de faire rêver les hommes. Il y a eu par exemple les superstitions, les porte-bonheurs, le Père Noël...
— Le Père quoi ? demanda immédiatement Justine.
Rami fit mine de ne pas avoir entendu la question de la petite fille car il savait que son explication provoquerait à nouveau des rires moqueurs. Raconter qu'il fut un temps où on croyait qu'un vieil homme barbu passait par les cheminées pour distribuer des cadeaux était difficilement crédible. Cela n'aurait en outre pas aidé les enfants à respecter davantage leurs ancêtres. Il préféra poursuivre sa lecture.

***

Si Jaco était si assidu quant à ses obligations azurières, c'était en grande partie par angoisse. Il avait en effet une peur bleue, une crainte qui le hantait jour et nuit : celle de sombrer dans l'amnésie une fois mort. Dans le Livre Sacré, il était en effet dit que chaque devoir non respecté représentait un pas de plus vers l'enfer des Azuriers. Cet enfer, appelé Oubli, portait bien son nom. Selon la religion, les proches de celui qui n'avait pas correctement rempli ses impératifs durant sa vie se mettaient soudainement à ne plus se souvenir de lui lorsqu'il mourait. Dès qu'elle s'échappait du corps de ce même défunt, l'âme elle-même perdait également la mémoire. Elle était alors condamnée à errer sans but ni souvenir pour toujours. À l'inverse, lorsqu'un Azurier qui mourait n'avait rien à se reprocher, il était promis à l'admiration éternelle de son entourage resté sur Terre. Dès lors, il rejoignait sans attendre un monde parallèle rempli de nourriture, de soleil et de douceur. Personne n'était revenu de la mort pour en décrire la beauté convoitée, comme personne n'avait jamais oublié un ami décédé. Par définition, ces constatations étaient des faits certains. Mais Jaco l'avait lu à maintes reprises dans son ouvrage religieux et en était donc convaincu : « Méfiez-vous des faits certains car ils cachent souvent certains méfaits ». L'Azurier modèle n'avait donc aucun doute quant à douter de la réalité, mais ne pouvait pas concevoir que ses croyances pussent être fausses.

Jaco n'avait qu'un seul but en tête : éviter coûte que coûte les affres de l'Oubli. Mais pour se donner une chance de rejoindre un au-delà heureux, il était prêt à endurer les pires souffrances tout au long de sa vie. Cette incohérence n'effleura pas l'esprit de cet homme qui passa donc les quarante premières années de son existence dans un douloureux combat quotidien.

Ce Carzacien – c'était comme cela que l'on appelait les habitants de Carzac-sur-Orne – s'il n'avait pas réussi à convertir sa femme à ses pratiques religieuses et ambitieuses, entendait bien convaincre son fils, encore vierge de toute croyance. Au jour des 6 ans de ce dernier, âge de raison chez les Azuriers, Jaco crut bon d'aborder le sujet tant attendu. Il profita alors d'un moment où il était seul avec Théophile – « celui qui aime Dieu » en grec – pour engager la conversation. À l'idée que son enfant le suivît enfin dans sa foi, il ne put s'empêcher de sourire. Son cœur battait la chamade.

— Fils, commença-t-il solennellement, le temps est venu de te parler de ton Créateur.

— C'est toi et maman mes créateurs ! répondit sans réfléchir le petit blondinet.

— Je veux dire… notre Créateur à tous, se reprit son père. Celui qui a créé la vie et qui ordonnera la mort. Celui qui a semé les premières graines et qui fera disparaître les dernières miettes de l'Univers.

— Si quelqu'un a le droit de vie ou de mort sur autrui, il doit être rudement méchant, s'offusqua Théophile.

— Mais non voyons, que dis-tu ?! Azur est la bonté même et il faut être reconnaissant pour ce qu'il nous donne chaque jour.

L'enfant resta silencieux un instant avant de rétorquer :

— Bon… S'il le faut vraiment… Où puis-je le rencontrer pour le remercier, ce fameux Nazur ?

— Azur, mon fils, Azur !!! s'irrita le père de famille. Tu n'as pas à le rencontrer, il te voit où que tu sois ! Il est partout et écoute la moindre de tes pensées. D'ailleurs, tu ferais mieux de t'excuser au plus vite pour avoir écorché son nom !

— Et sinon quoi ?

— Sinon, quand tu mourras, tout le monde t'oubliera.

— Je m'en fous puisque je serai mort.

— Mais après la mort, tu seras alors condamné à errer sans but et tu ne te souviendras plus de rien ! Théophile, arrête d'être si insolent, Azur t'entend, je te dis.

Les battements de cœur de Jaco devinrent des tremblements de peur. Jamais il n'avait entendu des paroles aussi irrespectueuses à l'égard de sa confession et il craignait la colère de son dieu plus que tout au monde.

— Mais comment peut-il être partout sans que je puisse le voir ? Papa, si tu veux me faire croire à un second Père Noël, c'est raté. Celle-là, on me la fera pas deux fois ! Les petits lutins qui emballent les cadeaux, je les ai vus moi, cachés dans la cuisine !

***

Rami ignora les regards interrogateurs de ses élèves et poursuivit son récit sans lever la tête de sa brochure.

***

Jaco devint aussi rouge qu'une tête d'allumette. Un frottement de plus et c'eût été l'étincelle.

— Ce n'est pas une question de cadeaux et par pitié ne compare pas notre Seigneur au Père Noël ! Veux-tu donc finir dans l'Oubli et le regretter à jamais ?

— Je ne pourrai pas le regretter puisque je me souviendrai de rien ! Tu viens de le dire !

Contrairement à ce que l'on pouvait penser, Théophile ne cherchait pas à énerver son père. Quel petit garçon voulait recevoir la fessée ? Non, le jeune bambin ne cherchait d'ailleurs rien de spécial, excepté des réponses à ce qu'il ne comprenait pas. Mais il n'existait aux yeux de Jaco qu'une seule et unique réponse, celle que donnait le Livre Sacré pour chaque mystère non élucidé. C'était Dieu et rien d'autre. Comme ne cessait de lui répéter son professeur d'Azurerie lorsqu'il était petit, « Quand tu ne sais pas, tu réponds Dieu et le dossier est classé ». Effectivement, ce mot avait été bien utile à Jaco quand il s'agissait de se dépêtrer d'une discussion cocasse. Mais cette fois, la conversation lui sembla définitivement vouée à l'échec. Tout comme son fils. Répondre « Dieu » n'aurait donné que davantage de fil à retordre à un gamin effronté, même devant l'indéniable. Désespéré, il abandonna et passa ainsi toute la sainte journée à chuchoter des Phrases d'Excuses à l'oreille invisible d'Azur tandis que le petit Théophile trouva des occupations plus joyeuses dans sa chambre.

En rentrant chez elle, la femme de Jaco s'étonna de trouver une maison si triste. La douce Fraisine n'avait d'ailleurs pour seul désir que le bonheur de sa famille. Même si elle n'avait jamais cherché à restreindre son mari quand il allait un peu trop loin dans ses rituels, il n'en demeurait pas moins qu'elle ne souhaitait pas pratiquer l'Azurerie. Cela n'avait d'ailleurs jamais été un secret pour Jaco. Mais celui-ci était tellement charmé par la personnalité enjouée, les cheveux de bohème et le regard bienveillant de sa femme qu'il n'avait jamais pu se résoudre à la quitter, contrairement à ce que sa religion lui demandait, se résignant à vivre sa foi et son amour séparément. Il avait bien essayé de lui faire changer d'avis mais la douce Fraisine savait aussi se montrer ferme quand il le fallait. La bonté de cette Carzacienne ne lui avait donc pas été inculquée par la religion, mais bien par son éducation. Par amour, elle acceptait néanmoins la foi souvent envahissante de son mari et allait autant que possible dans son sens pour éviter les conflits.

Voyant son cher et tendre tourner comme un lion en cage dans le salon en marmonnant des extraits du Livre des Azuriers, elle lui demanda immédiatement ce qui n'allait pas.

— Fraisine, ton fils est possédé par le Mal, lui répondit Jaco sur un ton dramatique.

— Qu'est-ce que tu racontes, Jaco ? Théophile n'est pas maléfique, il n'a même pas voulu tuer un moustique l'autre jour ! Tu te souviens ?

Elle posa sa main sur l'épaule de son mari dont les yeux restaient écarquillés d'inquiétude. Celui-ci avala sa salive avant de répondre :

— Peut-être est-il justement du côté du moustique qui, rappelons-le, nous pique !

— Voyons, voyons… fit calmement Fraisine. Qu'est-il arrivé au juste ?

— J'ai cherché à lui enseigner les bases de la religion azurière mais notre cher fiston n'a fait que blasphémer et rabaisser notre Seigneur. Qu'Azur le pardonne. J'avais beau le rappeler à l'ordre et lui parler de ce qui l'attendrait après la mort, il s'entêtait à me répondre !!!

— Chéri, détends-toi ! Il ne dit peut-être pas ça contre Azur mais simplement pour t'embêter… Ce n'est peut-être ni l'endroit ni le moment pour lui apprendre…

— Si ce n'est pas à l'âge de raison qu'il doit commencer à suivre les préceptes de l'Enseignement, alors quand ? Lorsqu'il sera gaga et qu'il ne comprendra plus rien ? Comme nous l'inculque Azur, c'est quand les pousses sont jeunes qu'il faut leur mettre des tuteurs. Après, le tronc se casse ! Si on attend trop longtemps, Théophile ne sera plus rattrapable et son avenir sera misérable !

L'aplomb qu'avait son mari quand il parlait d'Azur finissait toujours par mettre Fraisine d'accord. Elle parut dès lors aussi préoccupée que lui par l'athéisme de leur fils. Venant d'une non-pratiquante, cette inquiétude démontrait l'influence que pouvait avoir l'Azurerie sur le monde en général.

Sur cette discussion, les parents impuissants face à leur enfant non-croyant se mirent en quête d'une solution radicale, en vain.

Le lendemain, le père de famille réunit femme et fils pour leur annoncer une grande nouvelle. Fraisine et Théophile paraissaient plutôt désintéressés lorsqu'ils prirent place autour de la table du salon. La dernière fois que Jaco avait eu une « grande nouvelle à annoncer », c'était pour déclarer qu'il était allergique aux fruits de mer.

— Aujourd'hui, je suis allé à la pontinelle du pont numéro 4, prononça-t-il enfin, après un long silence de concentration.

— La pontinelle de Mère Flavie ? s'exclama sa femme, réalisant ce que cela signifiait.

Mère Flavie était connue pour être l'Azurière la plus extrémiste de la région, n'hésitant pas à étendre son mois d'Éveil à plus de deux cents jours et à porter son serre-tête jour et nuit, quitte à en perdre les cheveux... et la tête.

— Oui, celle de Mère Flavie, répondit-il fièrement. Je lui ai raconté que mon fils ne voulait pas croire à l'existence d'Azur.

Jaco avait lourdement insisté sur sa dernière phrase. De façon implicite, il demandait ainsi à Théophile de cesser de triturer la nappe. Le jeune garçon s'exécuta et leva les yeux vers son père.

— Elle m'a alors rassuré en me disant qu'aucune cause n'était perdue et qu'elle en avait rencontré d'autres.

— Tu vois que je ne suis pas le seul, papa ! lança le petit, content de ne pas être une exception.

— Elle m'a ensuite expliqué, continua Jaco sans sourciller, qu'il existait une institution spécialisée dans ce genre de cas particuliers : l'École Notre-Azur. Il est estimé que quatre-vingt-dix-neuf pour cent des enfants athées qui y entreraient en ressortiraient non seulement croyants, mais pratiquants !
— Je n'en ai pourtant jamais entendu parler, fit Fraisine, dubitative.
— Elle vient juste d'ouvrir à la place de la librairie laïque, l'interrompit Jaco. Et nous avons décidé, ta mère et moi, de t'y inscrire, Théophile.

Avant que sa femme n'ouvrît la bouche pour se défendre, Jaco s'empressa de lui chuchoter à l'oreille ses meilleurs arguments pour la faire taire, tels que « c'est notre dernière chance de mettre notre fils sur la bonne voie », « tout le monde sera heureux » et « c'est moi qui cuisinerai demain, promis ». Fraisine approuva alors, ne songeant qu'à la paix prochainement retrouvée et au plaisir de mettre enfin les pieds sous la table après quinze années de cuisine quotidienne.

— Je n'ai pas envie de changer d'école, pleurnicha le petit garçon.
— Tu y seras bien, mon chéri, le rassura sa mère d'une voix de velours. Et tu te feras plein de nouveaux copains, tu verras.
— Tu y apprendras surtout des tas de choses pertinentes, ajouta son père.

C'est ainsi que le petit Théo entra à l'école Notre-Azur. Il se fit expulser au bout de seulement cinq jours, après s'être mis à ronfler bruyamment pendant un oratoire azurier de grande importance. Lorsque la directrice de l'école en informa Jaco par téléphone, celui-ci tomba immédiatement dans les pommes. Il s'attendait à tout sauf à cela. Dès qu'il se réveilla, sa femme qui était restée à son chevet lui implora de ne pas disputer Théophile. Pour ne pas la décevoir, Jaco ne se fâcha pas. Mais rien ne put l'empêcher d'en vouloir amèrement à son fils. Dès lors, Théophile grandit aussi naturellement que possible, dans une école classique où il était cancre, mais heureux. Sa maman le gâtait continuellement et son papa ne le regardait jamais dans les yeux, mais le petit garçon se fit tant bien que mal à cette situation troublante. Pour ne plus revivre de drame familial, le sujet de la religion fut définitivement banni de la maison. Malgré les années, le garçon aux cheveux blonds ne se rendit à aucune pontinelle et lut à peu près tous les livres qui lui tombaient sous la main à l'exception du seul ouvrage que son père eût jamais feuilleté : le Livre des Azuriers.

À mesure que le temps passait, Jaco considéra que la vie de son fils était inutile dès lors qu'elle serait de toute façon effacée des mémoires une fois achevée. Il trouva donc superflu de créer quelque lien que ce fût avec son seul enfant et préféra se consacrer encore et toujours à ses rites sacrés. Afin de ne pas subir la même sanction dont, il en était sûr, son fils écoperait fatalement, il mit encore plus d'entrain à remplir ses obligations azurières aux côtés d'une femme sans confession. Son agenda était tellement accaparé par ses coutumes qu'il se renferma petit à petit sur lui-même, ne s'intéressant bientôt plus à personne d'autre.

Théophile n'était peut-être pas un bon Azurier mais il était ce qu'on appelait un bon gars. Il n'hésitait pas à rendre service et disait bonjour à tous ceux qu'il croisait. Il passait régulièrement chez ses voisins pour réparer leurs vieux objets et donnait des sous aux pauvres de son quartier dès qu'il le pouvait. S'il n'avait jamais suivi les enseignements azuriers, il n'en avait pour autant pas eu besoin pour différencier le bien du mal. La perte d'un ami assassiné, la brûlure qu'il s'était faite à l'âge de douze ans et ses nombreuses autres expériences lui permirent de comprendre, entre autres, que tuer c'est mal et que le feu, ça brûle. Plus largement, par sa réflexion et sa maturité, il approuva assez tôt l'idée selon laquelle la vie était la chose la plus importante au monde et que la liberté n'avait de limites que si elle faisait du mal aux autres.

Vivre et être heureux étaient donc ses seuls objectifs. À l'inverse de son père, qui vivait malheureux pour mourir en paix, lui voulait faire de sa vie un paradis tant qu'il en était encore temps, plutôt que d'espérer y accéder, éventuellement, après la mort. Voilà pourquoi sa priorité fut de se trouver un petit boulot dès sa majorité et de s'éloigner de la maison familiale quelque temps. Car même s'il n'avait jamais vraiment eu de confrontation directe avec son géniteur depuis ses 6 ans, les regards haineux et les silences pesants qu'il recevait quotidiennement en retour de ses sourires innocents étaient devenus trop violents. Pour autant, il ne cessa de prendre des nouvelles de sa mère qui, se sentant de plus en plus seule, en avait bien besoin. Il voyagea, rencontra des peuples aux cultures bien différentes les unes des autres et en tira ses propres leçons. Il apprit alors que d'autres religions existaient et que toutes se ressemblaient étrangement. Même si les termes changeaient bien évidemment d'une croyance à une autre, toutes impliquaient plus ou moins un créateur, des tâches à accomplir et une pluie de sanctions si celles-ci n'étaient pas respectées. Toutes imposaient des règles, laissaient entendre une fin du monde et promettaient une vie meilleure après la mort, en échange d'une bonne conduite. Mais surtout, toutes donnaient des réponses à tout, réponses qui semblaient ne pouvoir être contredites puisque données par un être suprême. Théophile ne condamnait nullement que d'autres pussent aimer croire en une force supérieure, quel que fût son nom. Et du reste, qui était-il pour juger ? Mais pour sa part, il préférait déjà avoir foi en lui-même, même si certains mystères devaient alors rester insolvables. À la manière d'un enfant captivé par un tour de magie, il appréciait justement l'obscurité des énigmes de l'existence. Pour lui, c'était bien la face inexplicable de la vie qui en faisait sa beauté. Et en termes de mystères, la nature en était garnie. À commencer par les étoiles. Souvent, il prenait le temps de les observer afin de toujours garder en tête combien l'humain ne représentait qu'une infime poussière dans l'Univers. Ainsi, il lui semblait impossible que l'Homme, présent dès le commencement du monde, le demeurerait jusqu'à l'apocalypse. La vie n'avait d'ailleurs certainement ni début ni fin, et il lui fallait se placer au milieu de cette route infinie pour un petit bout de chemin. Dans cet état d'esprit, à son retour dans sa ville natale, il tomba éperdument amoureux d'une femme. Ensemble, ils eurent un fils qu'ils nommèrent Aimé et qu'ils élevèrent en toute simplicité.

À l'âge de trente-deux ans, alors qu'il se promenait au bord du lac Plaisant comme il en avait l'habitude après le travail, Théophile entendit l'eau s'agiter curieusement, comme si un gros poisson était en train de se débattre. Il s'approcha de plus près et aperçut une main au cœur des remous. Sans réfléchir, il sauta à l'eau et sauva une dame au bord de la noyade. Même si cela lui était venu de façon naturelle, le courage de Théophile fut chaudement félicité par les autorités ainsi que par la population. Dans cette commune où il se passait peu de faits de ce genre, les habitants étant de toute façon plus souvent regroupés sous les ponts que sur les quais, ce geste instinctif prit la forme d'un acte héroïque, et pour certains, d'un miracle divin. Poussé par l'engouement général, mais surtout par le plaisir qu'il ressentait en venant en aide aux autres depuis qu'il était petit, Théo décida de devenir secouriste. Il se forma et exerça ainsi son métier avec passion durant de nombreuses années avant de périr au cours de l'une de ses dangereuses missions à l'âge de quarante-neuf ans.

À sa mort, de nombreuses personnes se rassemblèrent pour lui rendre hommage. Le maire décida d'attribuer son nom à la rue dans laquelle il avait grandi. Une école de secourisme fut créée en sa mémoire, permettant ainsi à d'autres vies de ne pas être accidentellement écourtées. Certains artistes du coin n'hésitèrent pas à peindre ou à sculpter le visage de Théophile, gravant ainsi son portrait à jamais dans l'histoire de Carzac-sur-Orne.

Si pour Fraisine, alors âgée de soixante et onze ans, le souvenir de son fils ne nécessitait pas d'image et ne méritait aucune justification, Jaco, quatre-vingt-trois ans, se trouva face à un véritable casse-tête. Comment un homme aussi hérétique et aussi irrespectueux envers Azur pouvait-il avoir si facilement atteint ce que tout bon Azurier cherchait à obtenir, à savoir l'admiration de tous, sans condition ? Comment un garçon qui n'avait jamais entamé un seul mois d'Éveil, qui avait blasphémé Dieu sans jamais éprouver de remords, qui n'avait jamais porté de serre-tête azurier et qui était phobique des singes, par-dessus le marché, avait-il été à ce point récompensé ? Les questions sans réponses s'accumulaient dans la tête de Jaco. Après tous les sacrifices qu'il avait lui-même faits quotidiennement depuis le début de sa vie, uniquement pour éviter le pire après la mort, la récompense de son fils lui parut vraiment trop injuste. Et en même temps, il ne pouvait remettre en question ce qui l'avait guidé depuis qu'il avait été en âge de lire.

Voici pourquoi, après le décès de son enfant, Jaco passa par différentes phases. La première fut donc incarnée par la colère et l'incompréhension la plus totale. Ensuite vint la négation. Il décida de nier ses propres émotions par découragement, mais aussi par peur. Il était à la fois incapable de répondre à ses interrogations et effrayé à l'idée de ce qu'il adviendrait s'il émettait le moindre doute au sujet de ce que lui avait toujours promis le Livre Sacré. Il n'assista pas à la cérémonie d'hommage de son fils, évita à tout prix de regarder les photos accrochées par sa femme aux murs de la maison et continua à se livrer à ses rituels, sans laisser place à la moindre réflexion.

Malgré son apparente indifférence vis-à-vis de la perte de son garçon, des mois après le drame, Jaco finit par poser un œil hasardeux sur l'un des portraits cloués au-dessus de la cheminée. Subitement épris de nostalgie, il y plongea les deux yeux et ne put les détacher. Une multitude de sentiments lui traversa alors l'esprit sans pouvoir reprendre le contrôle. Jaco changea foncièrement de regard sur Théophile. Il réalisa enfin que son fils n'avait pas eu de chance. Ce dernier était décédé bien trop tôt. Le vieil homme regretta de ne pas avoir pris le temps de mieux le connaître, de mieux le comprendre, de l'accepter tel qu'il était. Il resta figé comme ça durant de longues minutes, ses pupilles rivées dans celles de son unique fils immortalisé sur le papier. Même lorsqu'il était en vie, ce dernier n'avait pas eu l'occasion d'être considéré aussi longtemps par son père. Fraisine, qui passait par là, s'immobilisa également dès qu'elle aperçut son mari et observa la scène en silence. Jaco pleura sans bruit. Non, malgré tous les efforts du monde, lui non plus n'avait pas oublié cet athée au grand cœur. Et oui, les faits l'imposaient, il allait devoir revoir ses convictions.

Prenant conscience à la fois de son âge avancé et de la valeur de la vie, il ne prit pas plus de temps pour réfléchir. A la grande surprise de sa femme, Jaco brûla tous ses objets religieux, se servit du Livre Sacré comme papier toilette et alla se coucher en s'exclamant : « On descend peut-être bien d'un singe mais on va quand même pas se laisser dominer par un macaque ! ». Après avoir rattrapé ses mois de sommeil en retard en quelques semaines, il suivit sans relâche les préceptes de son propre fils en se faisant plaisir et en comblant les autres d'attentions. Quant à la mort, elle devint le cadet de ses soucis.

CHAPITRE 15

Fanatisme et dépendance

À l'inverse de l'histoire précédente, qui avait fait pleurer les enfants à chaudes larmes, celle-ci les avait laissés guillerets et souriants. C'était le mot « macaque » qui les avait fait à nouveau éclater de rire. En 1950 ou en 3000, un enfant restait un enfant. Il suffisait d'un mot rigolo et la bonne humeur était aussitôt au rendez-vous, quelle que fût la gravité du sujet.

D'autant qu'en cette période de l'histoire basée sur l'égalité pour tous, le principe de la religion n'était pas seulement grave, mais tout bonnement inconcevable. Seul un délire fiévreux aurait pu pousser à croire à une fable pareille. Pour les humains en bonne santé mentale, c'était clair : l'Univers n'avait pas été créé par un individu. C'était les individus qui avaient été créés par l'Univers. Car la nature n'avait besoin de personne pour être dirigée.

Au contraire, elle se portait mieux si rien n'interférait dans son fonctionnement. D'ailleurs, dans l'esprit général, comme pour Théophile, il n'y avait ni début ni fin. Ni introduction ni conclusion. Ni naissance ni décès. La mort existait bien sûr, mais au lieu d'être synonyme de deuil, elle incarnait le renouveau. Les êtres humains étaient apparus à une époque et à un endroit dont seul le hasard avait le secret. Il fallait avoir conscience d'une chose : les humains n'étaient que poussières dans un cosmos illimité.

Au sein de cet environnement infini, dont l'absence de limite imposait à elle seule le respect, comment avait-on pu s'embarrasser de dirigeants ou de maîtres spirituels ?

Capucine, visiblement insatiable quand il s'agissait de se moquer des Azuriers, ne put s'empêcher de remettre le couvert.

— Alors comme ça, à une époque, on croyait qu'un singe nous dominait ! s'esclaffa la fillette, bientôt suivie par ses camarades de classe.

— Oui, c'est vrai que ça peut paraître un peu ridicule, concéda Rami, qui à choisir préférait avoir affaire au sourire de ses élèves qu'à leurs sanglots. Même s'il devait pour cela supporter leur tendance persifleuse.

— D'autres religions ont aussi eu leur lot de croyances surréalistes, confessa le professeur. La religion safrane, par exemple, assurait que les humains descendaient du hérisson et qu'il fallait donc se prosterner devant chaque mammifère porteur de piquants que l'on croisait sur son chemin.

Les enfants rirent de plus belle. Pourtant, Rami était bien sérieux. Il leur fit la liste des différentes croyances à travers le temps et selon les ethnies. Il raconta la différence entre les monothéistes et les polythéistes, entre les fidèles et les non-pratiquants, entre les offrandes et les sacrifices.

— Il y a aussi les athées et les agnostiques. Les athées nient l'existence d'un dieu, tandis que les agnostiques lui donnent un autre nom. Force surnaturelle. Esprit. Puissance supérieure. N'importe quoi en fait. Ce qui est intéressant, c'est surtout la fine barrière qui subsiste entre la croyance, généralement un choix qui permet de répondre à un besoin intime de l'individu, et le fanatisme. Finalement, c'est le fanatisme qui peut s'avérer dangereux et il ne concerne pas seulement Dieu. Être fanatique, c'est quand on se trouve en admiration totale devant une idole, quitte à en perdre sa propre personnalité. Être fan d'une star, ça peut aller aussi loin que se soumettre à Dieu. Certains fans ont tué leurs artistes préférés, d'autres les ont imités lorsqu'ils se sont suicidés.

Un grand blanc parcourut la classe. Non pas un marathonien géant à la peau blanche, mais un long silence. Léo, comme à son habitude, parla en premier.

— En fait, Rami, dit-il sur un ton sévère, tout ce que tu nous racontes depuis des mois sur nos ancêtres, ça nous montre tout simplement à quel point ils étaient fous. Certains pensaient qu'on descendait des hérissons, moi je pense qu'on descend des fous.

— C'est ta façon de voir les choses Léo, répondit Rami en gardant son calme. Toi, en l'an 3000, à l'âge de sept ans, avec ton éducation, tu as l'impression que des gens qui vivaient différemment de toi étaient fous. Peut-être que dans mille ans, les enfants qui étudieront ta façon de vivre te trouveront complètement cinglé de faire du vélo pour chauffer ta maison et d'aller à l'école dans un sous-bois. Tu ne crois pas ?

Léo fit la moue. Mauricio, douze ans, avait une autre théorie sur l'état mental de ses ancêtres.

— Moi je pense qu'ils n'étaient pas fous mais ignorants. Le fait que les humains aient changé de comportement prouve justement qu'ils étaient loin d'être timbrés.

— Ils ont mis plus de deux mille ans pour changer de mœurs quand même, fit remarquer Capucine.

—Tant qu'on parle d'années, pointa Rami, si aujourd'hui on dit qu'on est en l'an 3000 c'est parce qu'on prend en compte un an zéro, n'est-ce pas ?

Les enfants hochèrent la tête à l'unisson.

— Et bien c'est parce qu'on se base sur la naissance du prophète azurier. Celui qui aurait pour la première fois rapporté les paroles d'Azur aux humains. Vous voyez qu'il reste encore des traces de cette culture ancienne ! Nos prénoms sont d'ailleurs issus, pour la plupart, des livres sacrés...

Les enfants se lancèrent dans de nouvelles réflexions, trouvant alors leurs prénoms ridicules. Ils philosophèrent longuement sur le sujet. Selon certains, l'an 3000 n'était peut-être qu'une énième absurdité humaine et cela ne voulait alors rien dire. D'autres exposèrent la logique suivante : les animaux n'avaient certainement pas de jour de l'an et pourtant, ils le vivaient très bien. Les humains pouvaient donc les imiter sans danger. D'autres encore disaient que si on supprimait les années, on pouvait faire une croix sur les anniversaires et que ça, c'était embêtant.

Dans la cour de récréation ce jour-là, les enfants s'amusèrent à créer leur propre religion avec comme représentation de Dieu un caillou. Les enfants devaient alors respecter des tas de règles tout aussi farfelues que dures, telles que faire des offrandes au caillou ou porter la plus grosse pierre possible sur la plus longue distance pour aller au paradis. En cas d'échec, le dieu des cailloux promettait une mort lente et douloureuse sous les jets interminables de galets. Comme chaque fois, les récits de Rami combinés aux jeux des enfants faisaient doucement mais sûrement évoluer les consciences de ces derniers. Au fil des chapitres du programme, les élèves changeaient de point de vue sans même s'en rendre compte.

Rami, qui s'était assis sur un tronc d'arbre pour surveiller les petits pendant la pause, avait bien remarqué cette transformation. Depuis le début de l'année, il les avait trouvés plus enclins à la discussion, plus matures, mais également plus sombres. Leurs jeux l'étaient aussi, ce qui semblait normal du fait de ce qu'ils avaient appris en seulement quelques mois. Mais le plus frappant, c'était que les enfants se montraient moins optimistes. Moins joyeux. Leurs sujets de discussion dérivaient régulièrement vers la mort et la guerre.

Entre excitation et peur, les petits s'amusaient de plus en plus souvent à imiter la détonation des armes, ce qui, en dehors du côté morbide de la chose, avait un côté hilarant. N'ayant jamais entendu un seul coup de feu, ils ne pouvaient qu'imaginer à quoi cela pouvait ressembler. Heureusement, les enfants se représentaient le son d'une arme à feu avec beaucoup plus de douceur qu'il ne l'avait été en réalité. Certains mimaient des jets d'eau sortir des fusils, d'autres des flammes. Quant aux bombes nucléaires, elles étaient substituées par des ballons de foot. Car oui, le football faisait encore partie des jeux des enfants de l'an 3000. Les jeux vidéo aussi, mais uniquement dans des lieux dédiés. Du fait de la rareté de ces salles, il fallait passer son tour et s'y rendre de temps en temps, lorsque l'envie se faisait trop forte.

À vrai dire, les jeux vidéo n'avaient rien à voir avec ceux des années 2000. Il s'agissait de gymnases au temps d'utilisation limité dont les murs arrondis étaient uniquement constitués de projecteurs d'hologrammes. Pendant une séance de jeu, le participant était donc plongé dans un univers fictif de la tête aux pieds et pouvait interagir avec le monde virtuel comme s'il s'agissait de la réalité. Les joueurs avaient ainsi la possibilité de visiter des paysages inconnus, de se mettre dans la peau de pilotes d'avions solaires ou de remplir des missions de sauvetage, par exemple. Si les enfants appréciaient les hautes technologies, elles n'envahissaient toutefois jamais leur quotidien.

Hormis les jeux vidéo, aucun appareil high-tech n'était créé pour le divertissement. Sauf les appareils pour écouter de la musique et les cinémas en plein air. Le progrès était, comme son nom l'indiquait, principalement utilisé à des fins de progression. D'amélioration. Il s'agissait de bonifier le quotidien sans jamais nuire au savoir-faire ni à l'indépendance de chacun. L'évolution technique offrait aux humains de quoi vivre plus facilement sans restreindre leurs capacités ni leur autonomie.

Si le progrès des machines avait subitement été ralenti, cela était dû à une raison bien simple : la technologie poussée à l'extrême avait fait de nombreux ravages par le passé.

C'était d'ailleurs le thème de la leçon de ce mois de mai.

CHAPITRE 16

Le progrès

En ce temps-là, le monde était entièrement assisté les plus hautes technologies. Pas seulement dans
les grandes entreprises, où les ordinateurs avaient depuis longtemps remplacé les plus éminents scientifiques. Dans les familles, chez les plus petites gens, le quotidien était lui aussi dirigé par des machines intelligentes. D'une part parce que le progrès technologique était arrivé à un tel niveau qu'il s'avérait impossible de s'en passer, d'autre part parce que, le temps faisant, s'équiper même basiquement coûtait encore moins cher qu'une paire de jeans.

S'équiper basiquement, cela ne voulait pas dire s'acheter un smartphone. Cela impliquait la greffe d'une puce électronique et l'achat d'une paire de lunettes LifeVision. Ça, c'était vraiment le strict minimum. Ce qui permettait de survivre. Si on voulait vivre, il fallait ensuite s'acheter tout un tas d'autres appareils essentiels au quotidien.

Dans chaque pièce, chaque lieu, tous les objets devaient au moins être automatisés, au mieux remplacer totalement le travail du cerveau humain dans sa réflexion. Depuis des générations, on faisait confiance à ces machines ultra-perfectionnées sans même plus les remarquer. C'était ancré dans les esprits. C'était inscrit dans chaque geste. Du matin jusqu'au coucher, et même après. La nuit, les cauchemars étaient filtrés par un oreiller numérique qui transmettait à la place le plus beau des rêves à son utilisateur. Il était d'ailleurs possible de programmer le type de songe souhaité au jour le jour parmi les catégories « eau de rose », « jour de chance », « rencontre avec une star » ou encore « nuit érotique ».

La famille Degré était particulièrement bien équipée. Le père travaillant pour la plus grande marque d'objets high-tech du pays, le foyer avait la chance de bénéficier des tous derniers modèles sortis dans le commerce. Le couple et les trois enfants n'avaient donc plus besoin de réfléchir ni de gâcher leur énergie, même dans les tâches les plus simples. Réveillé par la sonnerie de sa puce électronique, logée près de son oreille droite et programmée pour 7 heures du matin comme chaque lundi, Roger ouvrit les yeux. Il pressa une touche tactile sur le bord du lit à sa gauche et sa partie du sommier se redressa instantanément à la verticale. Roger était levé. Il se dirigea vers la salle de bains et n'eut besoin de toucher aucun interrupteur. À sa simple présence dans la pièce, une lumière tamisée s'alluma et un jet d'eau adapté à la température de son corps, car reliée à sa puce électronique par ondes, jaillit du plafond. L'eau blanchit un moment, lorsque la phase de savonnage s'activa, puis redevint translucide lors de la phase de rinçage. Nul besoin de se frotter l'épiderme, les particules de savon elles-mêmes étant munies de nano-brosses auto-rotatives. Pendant que chaque pore de sa peau était soigneusement décrassé, Roger prenait doucement le temps de se réveiller, les paupières fermées sous une eau autonome. À la sortie de la douche, il lui suffit de se poster devant son armoire. Celle-ci s'ouvrit alors et projeta en 3D des inscriptions lumineuses. D'abord la météo du jour, puis une liste de vêtements susceptibles d'être portés en fonction du climat et des dernières tendances.

Pendant ce temps, Anna ouvrit la porte du frigo, et celui-ci, de la même manière que l'armoire de son papa, afficha en hologrammes une série de suggestions. En fonction de la date de péremption de chaque produit, mais aussi de l'heure de la journée et de l'état de santé de la petite fille, le réfrigérateur indiqua quels aliments elle devait consommer. En l'occurrence, c'était lait, jus d'ananas et beurre. Lorsqu'elle attrapa les produits, une voix émana du réfrigérateur : « Sur l'étagère à droite, prends du cacao en poudre, du pain et de la confiture. Sur l'étagère à gauche, prends un bol, un couteau à bout rond et une cuillère. Tartine le beurre sur le pain, puis ajoute la confiture. Mets le lait dans...». Anna referma la porte du réfrigérateur car elle connaissait la suite par cœur. Cette fonctionnalité était certes inutile, mais comme toutes celles offertes par les technologies, elle permettait aux individus de ne pas réfléchir. Jamais. Il n'y avait qu'à suivre les instructions. Après avoir mangé son petit déjeuner, Anna posa en vrac la vaisselle dans une trieuse. En dix secondes, la cuillère, le couteau et le bol étaient rangés séparément dans chaque bac du lave-vaisselle. Un aspirateur de table se déclencha automatiquement et effaça toute trace du passage d'Anna dans la cuisine. La petite fille était déjà dans sa chambre afin de récupérer son cartable qu'elle avait mis à recharger pour la nuit. «Aujourd'hui jeudi 7 avril 2262. J'attends la tablette hologrammique de mathématiques et la trousse de stylets à dessin pour aller à l'école», sembla ordonner le sac d'une voix robotisée. Anna s'exécuta et sortit de la maison en même temps que sa grande sœur Sabrina.

— Tiens, t'aurais l'air fine sans ça, lui lança cette dernière en lui tendant sa paire de lunettes LifeVision.

Sabrina plaça également les siennes sur son nez avant de franchir le seuil de la porte. Sur le chemin du lycée, elle croisa de nombreuses personnes. À chaque fois que l'une d'entre elles passait devant les verres de ses lunettes, ceux-ci s'activaient. Ils projetaient alors devant les yeux de la jeune fille diverses infos sur la personne en question, infos qu'elle pouvait faire disparaître d'un seul battement de cils.

« Dorine Lambert, cinquante-huit ans, secrétaire au Centre Aventura, divorcée, soignée d'un cancer du sein il y a deux ans. Plutôt susceptible, apprécie les compliments sur ses vêtements.»

— Bonjour, jolie robe aujourd'hui, dit Sabrina à la femme qu'elle croisa.

Cette dernière lui rendit un large sourire et la flatta sur sa coupe de cheveux.

Sabrina, comme tous les passants, se déplaçait sur d'étroits tapis roulants disposés sur les trottoirs. Comme sur les autoroutes, il y avait plusieurs voies. Deux dans un sens, deux dans l'autre, et ce sur chaque accotement. Parfois, quand il y avait suffisamment de place, les trottoirs étaient divisés en deux fois trois voies. Une pour les gens pressés, une pour les passants sans rendez-vous et une dernière pour les poids lourds. Poids lourds, vieillards ou touristes, tous étant aussi lents les uns que les autres. Pour doubler, il suffisait de faire un pas sur le côté. Certaines personnes disposaient même de clignotants au poignet. Des sortes de bracelets lumineux qui faisaient bien l'affaire quand on n'oubliait pas de les porter. Mais les accidents, même à pied, n'étaient pas rares. Quant aux voitures, elles n'existaient plus depuis bien longtemps. Trop polluantes. Il s'agissait désormais de cabines montées elles aussi sur des tapis roulants, plus larges cette fois. Il suffisait d'activer le mode « lévitation » et de décaler le levier à droite ou à gauche pour changer de voie. Tout ce petit monde avançait de cette façon, sur un schéma très précis. Vu du ciel, cela ressemblait un peu à un circuit électrique rempli de fils d'étain, de bornes et de résistances. Car il fallait bien des points de départ et d'arrivée pour se déplacer dans toutes les rues, dans toutes les villes. De petites plateformes permettant d'emprunter et garer une cabine ambulante étaient ainsi disposées un peu partout.

Pendant que sa fille aînée se rendait au lycée, Marianne entamait sa journée de femme au foyer. Après être passée à la douche autonome, à l'armoire styliste et au réfrigérateur nutritionniste, la femme de trente-huit ans était sur le point de déguster son café expresso préparé par son barman informatique.

« Pas plus d'un demi sucre. Votre indice glycémique est trop élevé. Attention aux écarts », résonna une voix robotisée depuis l'intérieur du sucrier.

Marianne suivit les instructions. Elle n'avait de toute façon pas vraiment le choix. Le morceau sauta directement dans sa tasse et le couvercle du sucrier se referma aussitôt. Perdue dans le flou de son cerveau, la mère de famille fut comme réveillée par un « bip » strident. C'était le signal de la couche pleine. Elle se rendit dans la chambre d'Alvin et arracha son bébé de la couveuse éducative. Installé sur la table à langer électronique, le petit avait effectivement besoin d'être changé. Les bras métalliques s'en chargèrent seuls et Marianne n'eut qu'à reposer son garçon de 4 mois dans un couffin à nourrir. Armé de biberons, d'une poignée chauffante et de nombreux gadgets permettant de veiller au bien-être du nourrisson, le siège donna la quantité exacte de lait vitaminé au petit Alvin. Ce dernier n'eut pas le temps de s'exprimer que les bras mécaniques le retournèrent déjà, lui tapotèrent le dos et le replacèrent sur un fond de musique douce. Marianne attendit nonchalamment le « bip » de fin pour déplacer son fils vers un couffin à jeux. Écrans, hologrammes, sons : tout était prévu pour divertir bébé pendant deux heures sans aucun danger. Le moment idéal pour aller faire les courses. Faire les courses, cela consistait en fait à sélectionner des produits suggérés par son réfrigérateur. Décidément, ce dernier connaissait mieux la cuisine des Degré que madame Degré elle-même. Cette dernière suivit les propositions indiquées sur l'écran de l'appareil électroménager sans même réfléchir et valida enfin son panier de courses.

Quelques minutes plus tard, on sonna à la porte. Ou plutôt la porte sonna. Une cabine ambulante était postée sur le seuil, bourrée de sacs de courses. Marianne paya en passant sa tête vers le détecteur de puces électroniques, placé au niveau de l'une des portières. Elle put alors récupérer ses denrées et les plaça dans la trieuse à aliments qui les rangea instantanément dans le réfrigérateur et sur les étagères, grâce à des tubes dotés d'un système d'aspiration pneumatique. La maison en était farcie. Les tubes, c'était bien pratique pour limiter ses déplacements et les ports de charges inutiles. Même pour faire passer le sel, un petit tube faisait le tour de la table de la salle à manger.

Les journées de Marianne, comme celles de Roger, d'Anne, de Sabrina et de la population toute entière, pouvaient donc se résumer à l'assistanat. Même Alvin, aussi jeune était-il, n'avait pas le temps de réfléchir, d'être frustré ou d'exprimer des besoins naturels. Les machines, trop intelligentes, étaient conçues pour remplacer au maximum le travail cérébral et physique des humains. Dès son plus jeune âge, Alvin serait habitué à se servir des robots, écrans, puces et outils technologiques en tout genre. Directement connectées au corps humain, certaines machines agissaient également en prévention. Avant même de ressentir un besoin ou une envie, la puce électronique greffée près de l'oreille droite transmettait toutes les informations qu'elle qualifiait d'utiles aux appareils environnants. Il pouvait s'agir de carences en vitamines, d'un besoin de sommeil, d'une vessie pleine ou de désirs refoulés. En fonction des dernières modes, des produits à disposition et de bien d'autres facteurs extérieurs tels que la météo ou le contexte politique, les machines suggéraient sans cesse de nouvelles solutions.

Avec les années, les humains perdaient généralement toute capacité à prendre des initiatives. Ils ne faisaient que respecter les instructions, encore et toujours, sans jamais se demander si la décision était vraiment adaptée. Jamais la possibilité de désobéir à une machine ne leur venait à l'esprit. Il fallait suivre le mouvement et se soumettre à l'intelligence artificielle, du matin au lever jusqu'au coucher le soir.

Côté échanges sociaux, ceux-ci étaient encore régis par la technologie. Aucune conversation ne s'amorçait sans l'aide d'une paire de lunettes LifeVision. Chacun avait pour réflexe de lire les données projetées par les verres avant de se risquer à converser avec tout individu, même lorsqu'il s'agissait d'un ami. Seuls les membres d'une même famille prenaient la liberté de discuter entre eux sans lunettes. Mais c'était rare. On était tellement habitués à s'appuyer sur cet outil pour échanger avec les autres qu'il était périlleux de passer outre. C'était comme demander à une personne handicapée de marcher sans béquille, comme ça du jour au lendemain. C'était la chute assurée. Les lunettes donnaient tous les renseignements les plus intéressants comme les plus futiles sur la personne qui se trouvait en face. On pouvait connaître son identité bien sûr, mais également son activité, son passé judiciaire, ses plus grandes peurs jusqu'à ses problèmes les plus intimes. De quoi craindre le monde entier et rester poli en toute circonstance. Les informations étaient prélevées de toutes les sources possibles : médecins, avocats, administrations, voire ex-conjoints. Tout renseignement transmis à LifeVision donnait en effet droit à une petite prime non négligeable variant selon la nature de la confidence.

Même s'il avait ses failles d'un point de vue moral ou éthique, ce petit monde tenait bien solidement sur ses pattes. Tout étant intimement lié et savamment mis en place, la possibilité de rébellion étant écartée, l'on vivait la période la plus pacifique de l'Histoire. Certes, les compétences cérébrales des hommes étaient loin d'être exploitées et une partie de dames improvisée aurait certainement duré plusieurs semaines pour être résolue, mais la paix était au rendez-vous. L'ennui, mais la paix.

***

— Oui, mais l'ennui quand même, grinça Cédric. On devait sacrément trouver le temps long.
— Ah non, je ne suis pas d'accord ! Ça devait être chouette de ne rien faire. De se faire habiller, laver et nourrir, exulta Léo, dont les yeux brillaient comme rarement.
Alma sauta sur l'occasion pour taquiner son camarade.
— Tu dis ça parce que t'es un flemmard !

— Non, moi je suis de l'avis de Léo, se risqua Paul, ça devait avoir du bon les technologies. Nous on n'a que des jeux vidéo de temps en temps et loin d'ici. Eux ils avaient tout, tout le temps et à domicile. La classe, y a pas à dire.

— C'est pas faux, fit Jacobine en repensant avec nostalgie au poste de télévision. Rami préféra mettre un terme au débat.

— Tout n'était pas si rose, vous allez comprendre pourquoi, dit-il en reprenant le chapitre où il s'était arrêté.

Les enfants étaient tout ouïe.

***

Dans la nuit du jeudi 7 au vendredi 8 avril 2262, une éruption solaire incommensurable eut lieu aux abords de la Terre. Les éjections de masse coronale furent telles qu'elles provoquèrent des tempêtes géomagnétiques considérables. L'ensemble des lignes de transmission électriques du globe terrestre subit de puissants courants telluriques, ce qui brûla les systèmes de l'intérieur. Puces électroniques, appareils automatisés, courants radioélectriques, connexions internet, systèmes informatiques : rien ne résista à l'orage magnétique qui éclata cette nuit-là. Malgré la puissance des coups de tonnerre dans le ciel terrien, aucun humain ne prit la peine d'ouvrir une paupière tant que leurs appareils high-tech ne donnèrent pas d'alerte. La technologie était leur guide. Un guide infaillible. Il n'y avait donc rien à craindre. À vrai dire, certains sentirent une petite brûlure au niveau de leur oreille droite au moment de la coupure, mais encore une fois, pas de signal, pas d'inquiétude.

Roger n'avait pas éprouvé cela depuis longtemps. Peut-être même ne l'avait-il jamais éprouvé, ce sentiment d'attente. Les yeux encore clos, dans son lit, il lui semblait qu'il avait dormi trop longtemps. Depuis plusieurs heures, il était réveillé sans oser se lever. D'habitude, la sonnerie matinale dans son oreille ne lui laissait pas le temps de cogiter. Cette fois, cela faisait bien trop de temps qu'il se trouvait face à ses pensées et cela l'angoissait. Après de longs instants d'hésitation, il décida finalement d'agir sans suivre d'instructions. Il pressa la touche à sa gauche, contre le lit. Rien ne se passa. Il pressa, pressa encore, en vain. Roger fut bien obligé d'ouvrir les yeux et de se mettre debout par ses propres moyens. Nu comme un ver, il déambula dans sa chambre en équilibre sur ses jambes flageolantes. Dans la salle de bains obscure il attendit que l'eau tombât. Mais même après cinq minutes d'immobilité, aucune goutte n'atteignit son épiderme. Roger était tout ce qu'il y avait de plus sec. Perdu, il sortit de la salle de bains et tomba nez à nez avec sa femme, nue et hébétée elle aussi. Tous deux se regardèrent longuement sans rien dire. Ce fut finalement Marianne qui rompit le silence pesant.

— La couche, elle a pas sonné.

— L'eau, elle est pas tombée, répondit Roger, dépité.

Dans la maison, les hurlements d'Alvin résonnaient depuis près d'une heure déjà.

— Peut-être que les cris du bébé ont remplacé le bip de la couche, suggéra-t-il à son épouse, après quelques secondes d'indécision.

D'un pas automatisé, Marianne alla placer Alvin sur sa table à langer qui ne s'activa évidemment pas. Tapotant de toutes parts sur l'appareil, elle chercha par tous les moyens à le faire fonctionner tandis que son fils de quatre mois et demi se tortillait de faim et de gêne sur sa housse matelassée. L'indifférence de sa mère pour son petit frère sauta aux yeux d'Anna. Debout dans l'encadrure de la porte de la chambre d'Alvin, la fillette, à défaut d'être guidée par les technologies, se laissa piloter par les émotions. Elle se dirigea d'un pas franc vers la table à langer, attrapa son frère ainsi qu'un des biberons accrochés au siège à nourrir. Une fois dans la cuisine, elle posa maladroitement le bébé sur le plan de travail, le temps de prendre du lait dans le réfrigérateur et de remplir le biberon. Sans électricité, aucun moyen de faire chauffer le lait. Anna porta Alvin dans les bras, s'assit sur une chaise et lui donna le biberon de lait froid. Le petit, affamé, ne fit pas le difficile. Il engloutit tout le contenu d'une traite, une larme s'écoulant au coin de l'œil. Les yeux d'Anna n'avaient jamais été aussi vifs. Comme si une flamme s'était à nouveau allumée au fond d'elle. Cette flamme qui s'était éteinte avec les appareils électroniques commençait tout juste à reprendre de la vigueur. Il le fallait ! Car, les adultes du monde entier, sans doute à cause du temps passé à utiliser des machines, semblaient quant à eux totalement éteints depuis l'éruption solaire.

Comme Marianne et Roger, les hommes et les femmes
qui s'étaient réveillés ce matin-là étaient devenus de véritables larves. Ceux qui n'étaient pas décédés dans leur lit lorsque leur puce électronique avait fondu à côté de leur cerveau étaient en train de mourir de faim tous nus dans leur salle à manger. Et ceux qui avaient quand même réussi à s'hydrater un peu et à gober quelques aliments sans les cuisiner erraient dans les rues.

Depuis leur naissance, les outils technologiques leur mâchaient le travail pour tout. Ils les nourrissaient, les habillaient, leur disaient quand il fallait boire de l'eau ou quand il faisait trop chaud. Si bien que les hommes et les femmes avaient perdu toute capacité à reconnaître les signaux de leur propre corps et à prendre des décisions. Seuls les plus jeunes enfants, sans doute parce qu'ils n'avaient pas été confrontés trop longtemps aux technologies modernes, avaient gardé un sens logique qui les sauvait.

Ainsi, Anna n'était pas seule dans cette galère et heureusement. Lorsqu'elle sortit de chez elle le soir du bug général, son petit frère sous son bras gauche, guidant sa grande sœur par la main droite, elle trouva des rues laissées à l'abandon. De-ci, de-là, des hommes et des femmes étaient assis en boule par terre, nus ou presque. Comme Anna, d'autres jeunes enfants pleins de vie contrastaient avec l'horreur de la scène qui se présentait à eux. Ils se tenaient debout, observant ces parents et grands-parents désorientés. Après un long moment à observer leur environnement, les marmots finirent par se regarder.

— Quelqu'un sait ce qu'il se passe ? demanda un jeune garçon, depuis le seuil de sa maison.

— Plus aucun appareil ne fonctionne et les adultes ne peuvent pas vivre sans, lui répondit un autre garçon, depuis le portail de la maison d'en face.

— Qu'est-ce qu'elle a, ta sœur ? demanda craintivement une petite fille blonde à Anna.

Celle-ci jeta un œil à Sabrina qui se tenait tant bien que mal à la verticale, à sa droite. Elle lui tenait la main mais son regard était ailleurs. Ou nulle part. Ses pupilles tremblotantes étaient même plutôt inquiétantes. Anna rassura la fillette.

— Oh ! Elle ? Euh... Elle est entre deux... Ni trop perdue, ni trop là. C'est peut-être parce qu'elle a seize ans. C'est pas encore une adulte. Mais j'ai quand même dû la nourrir à la petite cuillère ! En tout cas, elle ne ferait pas de mal à une mouche, vu son état.

Quelques enfants du quartier, qui avaient rejoint le petit groupe de « survivants », pleuraient à chaudes larmes. Ils avaient environ quatre ans et leur jeune âge leur donnait à la fois la fragilité et la force qui manquait au groupe. Pierre, d'une simple question placée entre deux sanglots, esquissa un début de solution :

— Pourquoi on nourrirait pas le monde entier ?

C'est ainsi que les enfants se mirent à chercher de la nourriture, dans les garde-manger, sur le sol des serres agricoles ou encore sur les étalages des magasins. Ils attrapèrent ce qu'ils purent et donnèrent la béquée aux plus faibles : les adultes, assistés à cause des machines, et les bébés, assistés naturellement.

Petit à petit, jour après jour, une mini-société se créa. À force de chercher de quoi manger, de quoi se protéger du chaud et du froid, comment fabriquer tel ou tel objet, les enfants apprirent. Ils n'avaient pas le choix. Ils assimilèrent en quelques mois ce que les adultes avaient mis des siècles à découvrir et quelques générations à oublier. Certains s'occupaient de prendre soin des plus démunis pendant que d'autres passaient leurs journées à chercher des vivres et des objets utiles. Dans les caves et les greniers abandonnés, quelques-uns trouvèrent des livres. Habitué aux tablettes et aux cartables électroniques, aucun d'entre eux n'avait jamais tourné de pages en papier. Mais très vite, ils comprirent le principe et lurent tout ce qui pouvait leur être utile.

Quand Béatrice, huit ans, mit la main sur un manuel de survie et sur l'encyclopédie de la plomberie, ce fut l'explosion de joie. Un petit groupe se mit rapidement à l'œuvre pour raccorder les arrivées d'eau à de nouveaux systèmes de robinets classiques. Plus besoin d'aller chercher de l'eau dans les lacs et rivières, ils pourraient enfin prendre des douches sans attendre des heures que l'eau ne tombât par magie. Rapidement, quelques enfants astucieux fabriquèrent des bougies de cire. Jusque-là, tous les systèmes d'éclairage étaient dotés de détecteurs de mouvements et dépendaient de l'électricité. Sans électricité, pas de lumière. Le monde était donc plongé dans l'obscurité depuis le bug général, il y avait de cela maintenant trois mois. Transformer l'électrique en mécanique : voilà la tâche qu'accomplirent jour après jour les enfants survivants. Il fallait tout reconstruire de façon à devenir indépendants en cas de pépin. « Revenir à la bougie » était dans l'esprit de l'humanité une expression péjorative pour qualifier un acte primitif, dépassé. Dans la tête de ces enfants, la bougie était, bien au contraire, tout à fait moderne. En effet, n'était-ce pas le comble du progrès que de pouvoir profiter de son confort sans dépendre d'un circuit électrique ? À cette époque d'ataraxie cérébrale, n'était-ce pas avant-gardiste de pouvoir compter sur ses propres capacités pour ouvrir des volets, prendre un bain ou encore discuter avec des inconnus ?

Les adultes, affamés et dévêtus, étaient pour le coup la représentation même de la régression de l'humanité.

À vouloir se moderniser à tout prix en s'accrochant aux nouvelles technologies comme à une drogue, l'Homme s'était perdu.

Évidemment, les enfants étaient loin de vivre confortablement. Un peu de chauffage, une assiette de frites et un bon dessin animé étaient au cœur de tous les fantasmes. Mais leur quotidien était déjà bien assez occupé. Après six mois, les choses avaient déjà complètement changé. Les adultes qui avaient survécu réapprenaient doucement à vivre grâce aux plus érudits des enfants. Alvin marchait à quatre pattes et se montrait en pleine forme. Bientôt, quelques adultes purent s'atteler à réparer les systèmes électriques. Ce ne fut pas une mince affaire. Le travail de réparation dura plus d'une année. Une année pendant laquelle les humains prirent de toutes nouvelles habitudes. Se comporter en société sans lunettes LifeVision. Faire des choix par eux-mêmes. S'aimer pour de vrai, sans passer par des tests de compatibilité. Choisir les prénoms de leurs enfants, sans passer par des baptiseurs numériques. Se séparer de ceux qu'ils n'aimaient plus, sans attendre les instructions de divorce données par les murs des chambres à coucher. Ouvrir la fenêtre et regarder le ciel, au lieu de suivre la météo au travers d'un hologramme. Inventer des recettes sans écouter les recommandations d'un frigo. Se tromper, parfois, souvent, sans avoir peur de cela. Apprendre de ses erreurs, apprendre à se connaître. Et vivre. Oui vivre, ce verbe qu'ils n'avaient jamais vraiment pu expérimenter au sens premier du terme. S'ennuyer. Réfléchir. Penser. Les humains réapprirent absolument tout ce qu'il était possible d'apprendre tout en prenant conscience du temps, de leur entourage et de leur environnement.

Un an après la catastrophe, certains adultes avaient déjà terminé la réparation des principaux circuits électriques. Ils réinstaurèrent doucement la vie qui s'était arrêtée. Tandis que les multinationales qui géraient les technologies du monde entier mettaient peu à peu la pression aux techniciens, comme si cette page de transition n'avait jamais eu lieu, de nombreux individus se faisaient entendre pour éviter le retour à la catastrophe. Les peuples étaient divisés en deux mouvements : il y avait ceux qui considéraient que cette pause technologique prouvait justement la nécessité du progrès dématérialisé pour vivre, et ceux qui étaient désormais persuadés que ces installations électroniques à outrance avaient mené le monde à un tel niveau de misère. Des réunions, des rassemblements et des discussions eurent lieu dans tous les pays. Puis un vote mit un terme à tous les débats.

Le 4 novembre 2263, un compromis fut décidé. On reconstruirait les appareils high-tech. Mais ceux-ci resteraient des outils d'aide et non pas de contrôle. Un comité d'éthique effectuerait régulièrement des audits pour juger si oui ou non un appareil serait néfaste au comportement de ses propriétaires. L'électricité serait coupée une journée par semaine, et ce, le temps qu'il faudrait, pour entraîner les humains à se débrouiller tout seuls. Une façon d'éviter de retomber dans le piège tentant et facile de la technologie d'assistanat. La dépendance était devenue le pire ennemi de la nation. Il fallait faire tourner l'économie et rendre les quotidiens faciles, tout en se protégeant d'une potentielle panne d'électricité. Dès leur plus jeune âge, les enfants devaient suivre des cours pratiques pour apprendre à construire des objets, à cuisiner, à créer et à se connaître. Se comprendre soi-même. Jusqu'à présent, le monde environnant leur était nettement moins étranger que leur propre personnalité. Il était temps de se réapprivoiser.

Les lunettes LifeVision, quant à elles, furent totalement évincées du commerce. Après un an et demi de débats incessants et variés avec des inconnus en temps de crise, le peuple avait largement passé le test. Tout le monde était doué de sociabilité, d'argumentation et d'écoute. Ces lunettes ne servaient donc plus à rien.

On se souvint du 8 avril 2262 comme le jour de l'émancipation des hommes face à la technologie. Le jour du progrès.

CHAPITRE 17

L'utopie ou la mort

— Après l'abolition de l'exploitation animale en 2160 et la fin des armes en 2236, ce 8 avril 2262 fut donc le jour du troisième grand changement que l'humanité connut, conclut Rami. Car rapidement, presque toutes les technologies furent abandonnées. Vous vous doutez de la suite : sans technologie, l'Homme ne tint pas longtemps avant de supprimer les autres absurdités humaines. Tout ce qui nuisait à leur espérance de vie, à la paix sur Terre et à sa reconstruction fut aboli, jusqu'au système pyramidal qui fut la dernière carte du château à s'effondrer. Aujourd'hui, cela fait donc environ dix générations que nous vivons ainsi. En harmonie avec la nature et de la façon la plus altruiste possible.

— C'est fini ? demanda le petit Paul.

— Le programme de l'année oui, la vie, non ! À vous de construire votre avenir maintenant, les enfants. Désormais, vous savez à peu près tout sur le passé de l'Humain. D'ici quelque temps, vous aurez accès à l'ensemble des ouvrages qui avaient été mis de côté ces derniers siècles. Il faut juste laisser le temps à la commission de la culture de mettre en place des centres de lecture.

— Les livres étaient cachés ? protesta Léo.

Rami partageait le sentiment d'injustice du petit garçon. Comment avait-on pu occulter des faits aussi importants que ceux évoqués cette année pour la première fois ? Lui avait eu la chance de grandir dans une famille d'historiens. Il avait donc toujours su la vérité. Mais cela relevait d'une exception. La plupart des hommes et des femmes de l'an 3000 ne connaissaient rien d'autre que la couleur verte prédominante, les fleurs aux fusils, les plats végétariens, les énergies renouvelables et les poules sur les toits. Il était temps de faire éclater la vérité.

— Oui, cachés, répondit finalement Rami. Désormais, plus rien n'est tabou. N'hésitez pas à me poser toutes les questions que vous souhaitez dès que vous en ressentirez le besoin. Je n'habite pas loin.

Même s'ils n'aimaient pas spécialement l'école, sauf pour les copains et la récréation, les enfants du Bois Étoilé, regroupés par leur secteur géographique plutôt que par leur âge, étaient tout de même contents d'avoir appris de nouvelles choses. L'année avait d'ailleurs été si riche en nouveautés que les vacances étaient devenues une nécessité. Il fallait digérer ces nombreuses informations pour mieux les prendre en considération. Pour autant, les enfants éprouvaient un sentiment de vide. De manque. Tels des toxicomanes, l'idée même de devoir se passer des expériences agréables qu'ils avaient pu ressentir à l'école ces derniers mois leur était insupportable. Ainsi, lorsque le moment fut venu de quitter Rami, les élèves ne réussirent pas à passer la porte.

— On pourra venir regarder la télévision, de temps en temps ?
— Et tirer au fusil ?
— Ou au moins porter la couronne ?
— Tu nous feras une tarte au jambon pendant les vacances ?

Les demandes larmoyantes des petits s'étaient enchaînées sans que Rami n'eût pu identifier qui les avaient formulées. Mais un large sourire se dessina sur son visage.

— Ne vous inquiétez pas, mes enfants. Je vous donne ma parole que vous aurez l'occasion de goûter à tout ça en même temps dès que le moment sera venu. Si vous le voulez vraiment, alors rien ne vous fera obstacle.

Malgré la réponse énigmatique de leur professeur, les enfants de l'école du Bois Étoilé se sentirent suffisamment rassurés pour prendre le chemin du retour. Ils firent un signe d'au revoir et quittèrent la clairière.

Rami n'était pas certain de revoir tous les bambins qu'il voyait s'éloigner. C'était comme ça chaque année. Les familles changeant régulièrement de territoires, il n'était pas rare d'accueillir de nouveaux élèves à n'importe quelle saison et à en voir partir d'autres sans prévenir. Voilà pourquoi il était si important de faire suivre le même programme aux écoles du monde entier.

Une fois ses élèves évaporés dans le Bois Étoilé, l'instituteur rangea sa salle de classe. Le temps pour lui de réfléchir à cette année pleine d'enseignements. Les élèves n'étaient pas les seuls à s'être instruits. Lui aussi, même s'il connaissait la leçon par cœur, avait appris de nombreuses choses. L'instituteur, qui s'était toujours passionné pour l'Histoire avait pris plaisir à découvrir les réactions de ceux qui en prenaient connaissance pour la première fois. Cela avait été parfois angoissant, tantôt drôle, tantôt inquiétant, mais toujours palpitant. Comment raconter de tels évènements sans en frissonner d'ivresse ?

Rami ferma la porte en bois de l'école et marcha dans la forêt vers le Nord. Au bout d'une dizaine de minutes, il atteignit le perron de sa propriété. Contrairement à la plupart des humains de son époque, lui avait tenu à conserver la maison de sa famille. Cet ancien château, en partie détruit par la végétation et les pluies, était donc resté génération après génération le domicile de la famille De Villoing. Rami n'était pas l'arrière-arrière-arrière-arrière-petit-fils de la reine Irma, qui comme la légende l'indiquait n'avait pas eu d'enfants, mais le descendant direct de son frère. Car Irma avait eu un frère qu'elle ne connaissait pas de son vivant. N'ayant jamais été reconnu par le roi Hector, Igor De Villoing ne portait de noble que le sang. Il vécut une vie pleine de regrets. Le trône, qui aurait dû lui revenir de droit après la disparition de sa sœur dans le fameux crash aérien, lui fut refusé pour ces mêmes raisons. La génétique ayant peut-être sa part de responsabilité, toujours était-il que les rancœurs des héritiers De Villoing avaient perduré à travers les années, les siècles et les catastrophes. « Héritiers » n'était qu'une expression car ils avaient uniquement hérité du nom de famille de la reine la plus autoritaire de l'Histoire. Parce que ce patronyme était leur seule succession, les descendants De Villoing avaient fait en sorte de le conserver. Si bien que lorsqu'aucun jeune de la famille n'était un garçon, la dernière des filles de la lignée imposait à son mari de sacrifier son nom. Ainsi, en l'an 3000, Rami était un De Villoing et fier de l'être. Non, il n'avait pas tout dit aux enfants de l'école du Bois Étoilé. Mais il en était certain : bientôt, le monde entier serait au courant de son précieux secret.

Heureux de rentrer chez lui, Rami ouvrit l'immense porte forgée de son château et la referma aussitôt grâce à deux grands loquets et une longue barre de fer qu'il plaça en travers. Il traversa sa cour, monta les escaliers de pierre en colimaçon et atteignit son salon. Il se dirigea vers le majestueux miroir accroché au mur lui faisant face, et au lieu de s'arrêter devant, passa au travers. La glace n'en était pas une. Il s'agissait d'un passage vers un mystérieux couloir aux parois réfléchissantes. Au bout se trouvait une porte blindée. L'instituteur sortit un trousseau de ses poches et ouvrit les trois serrures.

Derrière la porte était dissimulée une gigantesque pièce aux allures d'une salle de bal transformée en salle de musée. Sous le plafond en dôme doré et sur le sol en marbre gravé étaient placés des centaines d'objets. Certains étaient posés sur des présentoirs, d'autres dans des vitrines soigneusement fermées à clé. Rami, toujours aussi enthousiaste lorsqu'il s'agissait d'observer les nombreuses pièces de sa collection, était aux anges. Une immense statue de macaque trônait sur une estrade, juste en face d'une biche empaillée. Rami se prosterna devant le singe en pierre. Il s'assit alors dans un fauteuil en cuir de veau, placé au milieu de la pièce, et laissa vaquer son regard sur les objets dont il était si fier. Sur des étagères, des bocaux remplis de formol contenaient toutes sortes d'animaux déformés ainsi que des fœtus humains. Sur les murs, des fusils et des kalachnikovs étaient alignés. Sous des trophées de chasse, un coffre garni de billets de banque était éclairé par un projecteur de cinéma. Au fond de la pièce se tenait une grande vitrine pleine d'appareils high-tech qui semblaient avoir été construits à différentes périodes de l'Histoire. Entre un écran plasma et une paire de lunettes LifeVision, était installé un couffin à nourrir en parfait état. Sur un meuble, une mappemonde pivotait sur elle-même. Cette planète qui tournoyait dans les airs grâce à un coussin de lévitation placé juste en dessous était pourpre et grumeleuse.

Rami, qui ne se lassait pas de dévorer sa collection des

yeux, se dirigea vers une armoire. Il l'ouvrit, en sortit la couronne rouillée d'Irma, la posa sur sa tête et s'installa à un bureau dans un coin de cette salle des trésors. Il appuya sa paume sur la surface du meuble et celui-ci s'illumina.

— Bonjour, monseigneur De Villoing, firent une centaine de voix à l'unisson.

Le son semblait directement émaner du bois. Ce n'était pas tout à fait faux, de multiples enceintes étant en fait insérées à l'intérieur même du bureau. La partie horizontale s'était allumée, formant un immense écran constitué d'une quantité phénoménale de visages en mouvement. Un peu comme un trombinoscope vivant. Rami avait démarré une conférence virtuelle avec une foule de personnes.

— Bonjour, chers amis, dit-il. Ça y est nous y sommes ! Le programme scolaire est terminé ! Malgré les aléas que nous avons rencontrés au fil des mois, rien n'a réellement pu nous arrêter. Mathilde, as-tu pu finalement calmer les ardeurs des parents d'élèves à l'École du Mont Forestier ?

— Oui, Votre Altesse, j'ai suivi vos conseils et ça a fonctionné. J'ai utilisé des termes techniques incompréhensibles pour ces humains incultes et ils ont finalement décidé de me faire confiance. Quant à la mère du petit Victor, il a suffi que je lui fasse essayer le revolver pour qu'elle retrouve le sourire. Le coup du bouquet de fleurs après la séance de tirs, c'était une idée brillante !

— Évidemment, les humains de notre époque sont tellement ignorants qu'on peut tout leur faire gober. Surtout avec des fleurs. C'est là où nous sommes bons, les amis. Nous avons su utiliser leur point faible pour manipuler leurs gosses. Le terrorisme de la culture, c'est l'avenir, croyez-moi !

— Vive Rami De Villoing ! cria joyeusement la horde de correspondants à travers le bureau communicant.

— Aujourd'hui, je suis confiant, reprit l'homme. Les enfants savent tout des merveilles de leur passé. Vous comprendrez que pour mener à bien mon plan, j'ai dû jouer le jeu jusqu'au bout. Il a fallu que je me fasse passer pour le gentil professeur qui reste neutre quoiqu'il arrive. S'ils sont intelligents, les enfants comprendront par eux-mêmes que leur monde est aseptisé et que les créations de leurs ancêtres étaient bien plus attrayantes que leur quotidien morose.

Les jeunes seront nos futurs adeptes, serviteurs, policiers et militaires. Dès le 5 août prochain, à l'anniversaire de la disparition de la reine Irma, le jour où mon ancêtre aurait dû monter sur le trône pour la remplacer, nous lancerons les réelles hostilités. Je vous attendrai à l'antenne d'information de la montagne Pipline. Nous infiltrerons les studios, nous ligoterons les caméramans et nous diffuserons notre propre vidéo annonçant mon coup d'État. Mon coup de planète, devrais-je même dire.

Un sourire inquiétant déforma le visage d'habitude si doux de Rami l'instituteur. Rami le collectionneur, Rami le monarque, Rami De Villoing arborait un tout autre profil.

— Comptez sur notre loyauté, monseigneur De Villoing, nous serons au rendez-vous, firent en chœur ses interlocuteurs depuis l'autre bout du bureau.

— J'aimerais ajouter quelque chose à l'attention de Jeannette, Nicole, et tous les autres infiltrés du comité d'éducation. Je ne vous ai pas suffisamment remerciés. Il faut quand même se souvenir de vos courageuses prises de paroles en janvier dernier. C'est vous qui avez posé les premières bûches du terrible incendie qui va enfin brûler ce système insipide. C'est grâce à vos interventions puis grâce à l'union de nos forces au moment du referendum que nous en sommes arrivés là. Dès que je serai au pouvoir, je vous ferai serviteurs d'honneur.

Parmi les multiples visages qui se partageaient la surface du bureau de Rami, quelques-uns se mirent alors à rosir.

— Bien, fit l'homme à la couronne depuis son fauteuil vintage. Toutes les armes mécaniques sont prêtes ? Vous avez réussi à lancer des boulets de canon d'essai comme prévu ?

— Tout fonctionne à cent pour cent monseigneur, répondit l'une des voix qui résonna dans les pieds du meuble en bois.

— Parfait, nous avons enfin réussi à contourner le malheureux sortilège des armes pacifiques avec de simples armes moyenâgeuses. Ces crétins de Futoniens n'avaient pensé qu'aux armes à feu. Elles ne perdent rien pour attendre ces misérables boulettes roses. Une fois les Terriens sous ma coupe, leur planète sera mienne! tonna Rami. En attendant, gardez bien en tête que lorsqu'on aura menacé les peuples avec nos canons, arbalètes et fléaux, les humains n'auront d'autre choix que de s'exécuter. C'est alors que nous les forcerons à construire des véhicules, des bijoux et des pièces de monnaie à mon effigie. Chaque année, nous construirons de nouveaux murs entre les différents quartiers du monde. Il n'est plus question que les crasseux du Pont de Lierre viennent squatter les habitations du Bois Étoilé, ou que quiconque circule à nouveau aussi librement qu'aujourd'hui sur des terres qui ne leur appartiennent pas. Ils migreront sous condition. Et ceux qui n'obéiront pas seront cloîtrés dans des prisons que je ferai bâtir.

Rami, satisfait, appuya à nouveau sur la surface de son bureau qui s'éteignit aussitôt. Il reposa sa couronne dans l'armoire qui lui était dédiée, se prosterna devant sa statue de macaque et ferma consciencieusement chaque porte derrière lui à mesure qu'il se rapprochait de son salon.

Toutes ces émotions lui avaient donné faim. Rami se rendit dans sa cuisine. La pièce était à la pointe de la technologie des années 1990. Même si ça ne datait pas d'hier, c'était toujours plus high-tech que la cuisine classique de l'an 3000 le plus souvent composée d'un four à bois et d'ustensiles. Tout ce qu'il y avait de moins énergivore. Rami s'en fichait d'être énergivore. Au contraire, c'était pour lui la preuve qu'il était rebelle. De toute façon, ce n'était pas lui qui devait pédaler pour faire tourner sa maison. Ses esclaves personnels étaient bien assez nombreux pour s'en occuper. Il sortit du réfrigérateur une cuisse de poulet et commença à la grignoter debout. Tandis qu'il arrachait la chair froide de la volaille à pleines dents, il profita de la vue que lui offrait sa fenêtre de cuisine sur son jardin privé. Son terrain s'étendait sur quelques hectares. Mais les hautes barrières en métal empêchaient à quiconque de s'introduire chez lui. Et si cela venait à arriver, des fils électriques dénudés repousseraient alors à coup sûr le plus puissant des intrus. Sur la pelouse fraîchement tondue, des dizaines de chimpanzés faisaient de l'autonomicylette. Attachés aux guidons et aux selles des vélos par des chaînes, les primates pédalaient pour le confort de Monsieur De Villoing. Eux n'avaient pas la chance d'être adulés comme une statuette d'Azur. S'ils ne pédalaient pas, ils étaient battus à mort. Car même sans armes à feu, « tuer » était loin d'être un terme inconnu pour Rami et ses prisonniers. Les coups et les couteaux faisaient l'affaire. Bientôt, le monde entier connaîtrait également ce terme. À moins qu'il ne décidât de collaborer.

L'utopie est l'idéal de celui qui se le représente. À chacun son idéal. Pour Rami comme pour toutes les créatures qui peuplaient la Terre, de la ronce à l'écureuil en passant par l'être humain, l'avenir se résumait à deux options et aucune autre : l'utopie ou la mort. Car l'absence de rêves mène à la fatalité.

La question restait alors en suspens : la planète Terre était-elle assez absurde pour reproduire les mêmes erreurs en boucle ? L'École n'était-elle pas le récit manquant aux grands échecs de l'humanité ? Le terrorisme de la culture, imaginé par Rami, était à double tranchant. Car les enfants du monde entier avaient acquis un savoir indéniable. Plus on était érudit, plus on pouvait berner le reste de l'univers. Certes. Mais moins le peuple était ignorant, plus il avait de cordes à son arc pour se rebeller. Il pouvait alors œuvrer pour sa propre utopie. Et éviter la mort des consciences.

DU MÊME AUTEUR

En toute transparence

Roman fantastique
publié chez Rebelle Editions en 2017,
réédition en 2019 chez Faralonn Éditions,
autoédition prévue pour 2025

Les Éphémères sont éternels

Roman d'anticipation
publié chez Faralonn Éditions en 2019,
autoédition prévue pour 2025

Les Silencieux n'en pensent pas moins

Roman d'anticipation
publié chez Faralonn Éditions en 2020,
autoédition prévue pour 2025

Perles de confinement

Recueil de citations politiques coécrit avec Hermy Bout,
autoédition via Books On Demand en 2020

S'unir ou subir

Essai politique,
publié chez Pomarède & Richemont en 2022,
autoédition prévue en 2025

Si même le sol se dérobe…

Roman d'anticipation à paraître